MEDEA
PREFABRICADA

MEDEA
PREFABRICATED

IRAN CAPOTE

MEDEA
PREFABRICADA

MEDEA
PREFABRICATED

Translated by Angela Pérez Domíngucz
YOANDY CABRERA, ED.

kýrne

De la presente edición | 2025

© Iran Capote

© kýrne 2025 | Department of Languages, Philosophy,
Religion, and Cultures at Rockford University

Cirno, tengan un sello estos versos que compongo.
edkyrne@gmail.com
https://deinospoesia.com/vi-publications/

ISBN: 979-8-9932235-7-5

PRIMERA EDICIÓN

Edición
Yoandy Cabrera

Traducción
Angela Pérez Domínguez

Corrección
Jennifer Rea

Diseño y montaje
Dashel Hernández

Ilustración de cubierta (dominio público): Frederick Sandys, *Medea*, 1868.

Rockford, Illinois | Miami Beach, Florida
Made in the United States of America

Medea en construcción

YOANDY CABRERA

I

Medea de Eurípides, estrenada en Atenas en 431 a.C., es una de las obras con mayor recepción e influencia en la historia de la literatura y el arte de todos los tiempos.[1] Andrés Pociña y Aurora López, al prologar un segundo volumen de estudios sobre piezas basadas en esta heroína mítica en 2007, declaraban que "ya nos quedaba claro que era inútil que intentásemos esquivar la aparición, casi el acoso, de Medea".[2] En el ámbito internacional, bastaría mencionar a Séneca, Corneille, Anouilh, Müller y Luis Alfaro para tener una idea de su influencia. En el ámbito cubano, el teatrólogo y crítico Rine Leal menciona en su volumen *En primera persona* a una *Medea* cubana decimonónica en clave de parodia dentro de la corriente vernacular escrita por Pancho Fernández, basada en *Medea* de Ernest Legouvé.[3] En *Aristodemo* (1867), Joaquín Lorenzo Luaces menciona "los furores insensatos de Medea". Desde entonces, la presencia de Medea en el contexto cubano se ha vuelto fundamental para acercarnos a los conflictos

[1] Con ella Eurípides obtuvo el tercer puesto en el festival de las Grandes Dionisias.
[2] Andrés Pociña y Aurora López. *Otras Medeas*. Universidad de Granada, 2007, p. 8.
[3] Mencionada por José A. Alegría en "Nota sobre *Medea reloaded*", en: *Tablas* 3-4, vol LXXXVII, julio-diciembre, 2007, p. IV.

insulares de diferentes épocas. Algunos de los más importantes ejemplos son *Medea en el espejo* (1960) de José Triana, *Medea* (1996) de Reinaldo Montero, *Medea sueña Corinto* (2008) de Abelardo Estorino y *El bello sino* (2005) de Yerandy Fleites.

"La tierra del mito" —como explica Montero— proporciona una "estructura preelaborada" en la que entonces se pueden "colocar cargas explosivas".[4] Una de esas Medeas en las que se han colocado nuevas "cargas explosivas" es la que ha escrito Iran Capote bajo el título de *Medea prefabricada*. Estrenada en Cuba en 2017 por Teatro Rumbo bajo la dirección de Yasey Muñoz y presentada en Miami por Proyecto Teatral Puertas en colaboración con Artefactus Cultural Project en mayo de 2019,[5] esta obra se publica por primera vez en 2020 por la Editorial El Mar y la Montaña.[6] Ahora se presenta en edición bilingüe español-inglés, editada, traducida y corregida por profesores y estudiantes de Rockford University.

II

Medea prefabricada establece una serie de dinámicas y lecturas que varían de espectador a personaje. Los protagonistas de Capote, como es el caso de María en la pieza de José Triana, no son completamente conscientes de su pasado mítico. Desde el mismo título, Capote juega con ese elemento conectado a la

---

[4] "A mí me gusta la tierra del mito. Ahí encuentras la estructura preelaborada. Se trata entonces de colocar cargas explosivas." (Hans Christoph Buch. "Escribir debajo de una piedra. Conversación con Reinaldo Montero", en: *La Gaceta de Cuba*, nro. 6, noviembre-diciembre, 2002, p. 42).

[5] La puesta fue dirigida por Miriam Bermúdez en una producción de Proyecto Teatral Puertas, en colaboración con Artefactus, dirigido por Eddy Díaz Souza. (José Abreu Felipe. "*Medea prefabricada*, una actualización del mito", en: *El Nuevo Herald*, 10 de mayo de 2019. Enlace: https://www.elnuevoherald.com/entretenimiento/article230257599.html#storylink=cpy).

[6] La obra ha sido incluida también en el volumen *Los dramas de mi arrebato* (Sequoia, 2025) junto a las piezas "Toska" y "*Eau de toilette*" del mismo autor.

ironía trágica:[7] Medea tiene la sensación de que su vida está pre-fabricada, como si alguien hubiera ya decidido sus pasos a seguir. Por su parte, Jasón le ha puesto una calcomanía a su moto que dice "Argos" y que le encanta, le hace sentir importante, aunque no sabe lo que significa (pp. 56, 59). También como el personaje de Triana, los de esta obra transitan de su pasado noble griego de héroes y princesas a barrios marginales del siglo XXI.[8] Es lo que, desde 1963, Rine Leal definió, a partir de la pieza de Triana, como ir "del coturno a la chancleta", es decir: "transformando los mitos helénicos en chismes de solar".[9]

Para los personajes de Capote, buscar una nueva oportuni-dad se vuelve fundamental en medio de la asfixia que cada uno experimente dependiendo de su individualidad y sus prioridades personales. Desde sus primeros parlamentos, el personaje prin-cipal quiere que Jasón encuentre "una Medea distinta" (p. 26) cuando vuelva. En la segunda escena, le dice a Jasón que tendrán "casa nueva, vida nueva. Medea y Jasón nuevos. Como si nos estuviéramos reciclando" (p. 29). Ese elemento sostenido y en aumento durante toda la obra, que en principio puede relacio-narse con su amor por su pareja, se relaciona también con una inconformidad con el pasado. Egeo, quien la ayudará a escapar, le declara: "Es hora de recomenzar tu vida. Voy a encargarme de que olvides todo lo que has vivido. Haré de ti una Medea nueva. Nunca es tarde para eso" (p. 57).

---

[7] La "ironía trágica" parte del contraste entre lo que sabe el espectador y desconoce el personaje.

[8] Ayla Sánchez March en su tesis de maestría titulada *Una actualización del mito de Medea en el teatro cubano del siglo XXI:* Medea prefabricada, *de Iran Capote* (Universidad de Alicante, 2022) estudia algunos paralelos entre la Me-dea de Capote y sus antecesoras insulares escritas por Triana y Montero.

[9] Dice Rine Leal en "El nuevo rostro del teatro cubano" (*La Gaceta de Cuba*, año 2, no. 19, 3 de junio de 1963, p. 12): "*Medea en el espejo* mostró a su autor rebajando la dignidad del coturno a la humildad de la chancleta, trans-formando los mitos helénicos en chismes de solar, descubriendo en nuestros personajes populares la existencia de una realidad diferente e inesperada."

Para la protagonista, ese pasado se remonta a lo que sucedió cuando vivía en la Calle Cólquida, donde vivía con su familia y de donde se tuvo que ir. Pero para el espectador —y aquí es donde se puede localizar con mayor precisión el uso de la ironía trágica— el pasado se remonta a la Cólquida mitológica en el Mar Negro. En la primera escena, cuando Yuyú dice a Medea: "lárgate antes de que empieces una tragedia... Otra vez" (p. 28), la recepción de esas palabras varía del personaje al espectador. Yuyú y Medea parecen estar hablando de lo que sucedió en la Calle Cólquida, hace diez años. Pero el espectador puede hacer la conexión con el término "tragedia", con el mito griego y con la obra de Eurípides, es decir, con la Medea mitológica, esa que la Medea de Capote intuye, pero que no logra deducir por completo.

El término "bruja" también se maneja con cierta ambigüedad en la versión de Capote. Su Medea consulta con cierta insistencia el horóscopo suyo y de los que ama a través de su *smartphone*. No hay una relación evidente entre ella y las creencias afrocubanas, algo que sí encontramos en la María de José Triana y la Medea de Estorino, en consonancia con otros personajes femeninos de la tradición teatral cubana en relaciones amorosas parecidas, como pueden ser María Antonia, en la obra homónima de Eugenio Hernández Espinosa, la Jabá y la Santiaguera en *Réquiem por Yarini* de Carlos Felipe, Camila en *Santa Camila de la Habana Vieja* de José Ramón Brene, entre otros. En Capote, Medea misma dice a Creón que no es una bruja, a lo que este responde que "fama de bruja sí que tienes" (p. 40). Todo ello parece ser, además de una alusión a los poderes mágicos del personaje griego, también y sobre todo una referencia al sentido coloquial del término recogido por el *Diccionario* de la RAE: mujer malvada, cuyos sinónimos pueden ser: víbora, bicho, arpía o pécora.[10] Como le recuerda

---

[10] Ese parece ser el sentido del vocablo en, por ejemplo, "La bruja", canción de José Luis Cortés *(El Tosco)* cantada por NG la Banda, cuyo estribillo dice: "Tú eres una bruja, una bruja sin sentimientos".

Yuyú a Jasón: "Cuando una mujer como Medea ve violados los derechos de su cama, no hay otra mente más asesina" (p. 38).

No parece que Medea en esta ocasión utilice poderes mágicos para destruir a Creón y a Creúsa. Se le ve llegar con un galón de gasolina (p. 49) y luego se habla de un terrible incendio (p. 59). Pero no utiliza venenos o pociones. Ella misma le dice a Jasón: "¡No juegues con candela!" (p. 31). Su grandeza, en este contexto, está ligada a su condición de mujer peligrosa y poderosa proveniente de un barrio marginal en el que le temían por lo que había sido capaz de hacer: matar a su hermano. Su poder no es divino en el sentido tradicional, sino que proviene de su resiliencia, su vehemencia y su personalidad impulsiva. Esta Medea, además, en contraste con la de Eurípides, sí sale de su casa y hasta se entra a golpes en medio de la calle con Creúsa.

Medea en Capote se enorgullece de su condición de mujer sin pudor o recato alguno. De su naturaleza femenina le nace toda su garra y furor. Por su concepción personal de hembra se entra a golpes con la nueva novia del padre de sus hijos, pues cree que eso es lo que debe hacer para defender lo que considera suyo, es parte de su *timé* (honra) y *areté* (excelencia) en tanto mujer de barrio. Es, como se diría en Cuba, "más mujer que madre", y lo asume con insolencia y frontalmente, sin remordimiento alguno.[11] Por eso, Yuyú le dice que tiene "un bollo que te hace inmortal, mitad mujer, mitad diosa. Al menos eso es lo que te crees" (p. 51). Y ella misma expresa en la segunda escena que tiene "el cerebro en el bollo. Amo con el bollo, parí con el bollo y otro bollo se llevó a mi marido. Esto no es un problema de razón, Yuyú, esto es un problema de bollo" (p. 28).

---

[11] Según Wilfredo A. Ramos Vázquez, también en Eurípides, "para ella [Medea] su papel como mujer en su sociedad es más importante que su función como madre" ("Una Medea del ayer y del hoy", en: *Gaspar, el lugareño*, 30 de mayo de 2019. Enlace: http://www.ellugareno.com/2019/05/una-medea-del-ayer-y-del-hoy-por.html).

Conceptualizado desde un personaje marginal y poco instruido, el "bollo" se vuelve en Medea metonimia de su carácter y personalidad, de su esencia como mujer y ser humano. Si para Homero el espacio timótico o de las emociones está en el pecho o el corazón, para esta Medea pensar y amar pasan por su condición de hembra en el sentido más físico, impulsivo y primigenio.

Ya desde Eurípides, Medea desafía con su feminidad agresiva el código de valores del héroe épico. Es, incluso, definida con términos y conceptos propios de la hombría en asuntos de *timé* (honra) y *areté* (excelencia), de ahí que desde la tragedia ática el personaje persiga desestabilizar estos conceptos y roles sociales fijos.[12] Capote también parte de Eurípides y, por supuesto, de autores cubanos como Triana, en su énfasis realista y doméstico. El dramaturgo griego ya nos presentaba en el siglo V una bronca doméstica con un realismo punzante y hasta doloroso; la Medea griega, como la cubana, responde con contundencia y directo al punto. Desde Eurípides todo es ya "demasiado humano, y en efecto se acerca a lo sórdido", su tratamiento de las figuras míticas es "frecuentemente realista en extremo".[13] Incluso en asuntos de lenguaje, Eurípides es un referente directo para Capote, pues solía introducir personajes de origen humilde, con un habla más común y coloquial, algo que Capote y otros autores cubanos han llevado también hasta los límites al convertir a todos los personajes de la pieza en marginales, criminales y arrabaleros.

La mayoría de los personajes de *Medea prefabricada* utiliza un lenguaje violento, agresivo y vulgar. De princesa en la antigüedad, Medea se transforma en una mujer barriobajera del siglo XXI. Los territorios antiguos (Corinto y Cólquida) pasan a ser calles de zonas marginales en un pueblo posiblemente del

---

[12] Michael Ewans. *Euripides' Medea. Translation and Theatrical Commentary*. Routledge, 2022, pp. 2-3.
[13] P. E. Easterling yand B.M.W. Knox. *The Cambridge History of Classical Literature I. Greek Literature*. Cambridge University Press, 1985, p. 331.

Caribe.[14] Medea le cuestiona a Jasón su intento de hablar de manera más sofisticada desde que él se relaciona con la gente de Creón, que se considera superior. De rey de Corinto, Creón pasa a ser en esta pieza un gánster en control del barrio de la Calle Corinto, un delincuente adinerado. Como mafioso, Creón trata de mantener calma y compostura, aunque su registro no es vulgar de manera sostenida, sí es lo suficientemente directo y tajante como para que no quede duda de la dureza de sus palabras y sus acciones. Egeo, un carretillero que vende viandas en la calle y que lee mucho, es el personaje con un lenguaje más elaborado y menos violento.

Por su parte, y en consonancia con los deseos de Medea de una vida distinta, el Jasón de esta obra considera que "la vida es otra cosa" (p. 32) y, además de querer salir de la miseria y la escasez, también parece sentirse agobiado por sus acciones pasadas que lo relacionan directamente con Medea, por eso le dice que "lo nuestro es algo enfermizo" (p. 32). Quiere "empezar mi vida una vez más" (p. 32). Este personaje, además, es presentado como una especie de *Latin lover*, deseado y favorecido por casi todo el mundo: Medea mató a su hermano porque este parece haber estado interesado en seducir a Jasón, Yuyú es su amante a escondidas. Creúsa es su nueva mujer y Creón ha accedido a dejarlo entrar en la familia para complacer a su hija.

Egeo pasa de ser el rey de Atenas a un carretillero de 22 años vendedor de viandas que suele tener encuentros amorosos con Medea a escondidas de Jasón. Aunque Medea no se lo toma en serio, esta relación paralela moderniza el tema y agrega al personaje mayor profundidad psicológica, pues al mismo tiempo que se muere por Jasón, tiene encuentros eróticos furtivos con

---

[14] De acuerdo con Wilfredo A. Ramos Vázquez, la obra tiene "alusiones a elementos, situaciones y lenguaje que nos llevan de inmediato a querer visualizar una Medea caribeña, es decir, casi cubana" ("Una Medea del ayer y del hoy", en: *Gaspar, el lugareño*, 30 de mayo de 2019. Enlace: http://www.ellugareno.com/2019/05/una-medea-del-ayer-y-del-hoy-por.html).

Egeo. Lo que se mantiene común entre Eurípides y Capote es que Egeo es en ambas obras la solución que Medea encuentra para escapar luego de toda la destrucción que provoca. Esa huida, su oportunidad de recomenzar será en el exilio esta vez. En la adaptación cubana, Medea ya no es una figura mítica que al final de la pieza de Eurípides cabalga en un carro tirado por dragones a través del cielo. Por el contrario, su viaje es una fuga en lancha hacia otro país. El vehículo divino se convierte en una embarcación: símbolo del exilio, la desesperación y la metamorfosis. Es difícil no relacionar esa escena de cierre con la continua emigración ilegal de cubanos desde la isla hacia Miami. En una especie de espejo inverso, el cierre de la obra me recuerda el final de la película *Habana Blues* (2005) de Benito Zambrano, en la que la madre (esta vez, a diferencia de Medea, con los dos hijos y con ayuda de su ex) huye también en una lancha en medio de la madrugada.

Capote da más protagonismo a la nodriza (Yuyú) y a los niños, que tienen mayor presencia en el escenario, en comparación con la pieza de Eurípides. Los menores tienen problemas de aprendizaje, comportamientos violentos y necesitan una atención especializada, algo que Medea no puede ni parece estar interesada en darles. Yuyú alcanza un nivel de complejidad psicológica que no se encuentra en la pieza clásica. Anima a Medea a que se vengue (algo impensable en la nodriza griega) quizá sin consciencia total de hasta dónde puede llegar dicha venganza, a pesar de conocer muy bien a Medea y de temerle.[15] Yuyú es, además, amante de Jasón, algo que lleva con dolor, pasión y terror a la vez. Desea a Jasón, pero le duele hacerle daño a Medea y al mismo tiempo le horroriza imaginar lo que sucedería si Medea llegara a enterarse. Yuyú es, incluso, un personaje *queer* y trans, representante de la marginación que ha sufrido este grupo de

---

[15] La propia Medea, en Capote, dice a Yuyú: "Nunca me dirías algo así" (p. 52).

personas en el mundo en general y en el contexto caribeño y cubano en particular.

Todo el conflicto interior de Medea sobre la decisión de matar a sus hijos, que en Eurípides se refleja en una conversación con ella misma, con su *thymós*, en Capote se vuelve silencio y ausencia, lo que hace más rotundo y monstruoso su crimen. En la puesta de 2019 por Proyecto Teatral Puertas en Miami, ese conflicto se expresa a través de los pasajes que se intercalan provenientes de la pieza griega, con la inclusión de una segunda Medea que representa al personaje mítico griego y que acompaña a la moderna todo el tiempo en escena, y con el agrego de una representación coreográfica del acto de dar a luz que termina confundiéndose con el del asesinato de los pequeños.

A diferencia del referente griego, en Capote no hay dos escenas entre Jasón y Medea, solo una. La Medea de Capote hace énfasis en su frontalidad y disgusto, en su furor y sufrimiento al enfrentarse a su amante. No intentará hacerle creer que ha cambiado de opinión y que se ha equivocado antes. Incluso, al parecer, la discusión ya había sido terrible, pues al llegar, Jasón dice que ha vuelto porque ella le había dicho que ya estaba calmada (p. 29). A esta Medea no le hace falta disimular ni hacerse la arrepentida para poder llegar hasta sus enemigos y enviarles regalos envenenados: ella misma sale y les da candela.

Uno de los temas más frecuentes (que se encuentra en la película *Edipo alcalde* de Jorge Alí, en la pieza *Oedipus el Rey* de Luis Alfaro y en *Medea sueña Corinto* de Abelardo Estorino) es el tema de la predestinación. Los ejemplos antes mencionados juegan con la ambigüedad de un término como "destino" y prefieren dejar las posibilidades abiertas. Capote se suma a esta línea con su obra y presenta a una Medea que parece luchar todo el tiempo por desentenderse de su nombre, de cualquier predestinación. Pero a su vez utiliza su nombre para autorreafirmación y para recordar a los demás (personajes y público) de lo que es capaz:

> MEDEA. (...) Medea se come la candela. Lo mío es mío, ese cuento te lo sabes bien, ese cuento se lo sabe todo el mundo. ¡Y se me respeta, coño! La calle Cólquida entera, con sus trescientos borrachos y sus quinientos delincuentes, me respeta. Jasón no puede hacerme esa mierda. ¡No! ¡No! Tú sabes de lo que soy capaz. (p. 28)

Esta obra presenta un tema que no recuerdo haber visto con tanto énfasis en piezas anteriores: la terrible crisis de la vivienda que enfrenta el personaje. Al inicio de la obra, aparece Medea construyendo las paredes de una nueva casa, símbolo de su amor y su propia existencia. A pesar de que es casi imposible encontrar una referencia geográfica precisa en toda la obra, es difícil no pensar en los problemas de vivienda en Cuba, país natal del autor.

La pieza es cubanísima de principio a fin, lo cual no anula su carácter general e indeterminado. Su cubanía, de base marginal, descansa, esencialmente, en el modo en que se expresan, actúan y reaccionan los personajes.[16] Sin embargo, no hay ni una sola referencia directa a Cuba. Lo cubano más evidente en esta Medea está en el "bollo", es decir, en el uso de ciertas palabras y frases (a veces populares y a veces muy groseras) que solo se escuchan en Cuba o que son propias del español del Caribe hispano.

En contraste con el frecuente uso de lenguaje vulgar y del contexto marginal, la obra sigue una estructura marcadamente

---

[16] Esa forma de decir y actuar parece haberse reflejado en la puesta en escena de Miami en mayo de 2019 previamente mencionada, en la que, según José Abreu Felippe, "por el vestuario, la gestualidad y lo que dicen", se "pretende una actualización del mito, un estar ahora y aquí. Un ahora y aquí que remite sin equivocación, a la Isla, a la otra orilla" ("*Medea prefabricada*, una actualización del mito", en: *El Nuevo Herald*, 10 de mayo de 2019. Enlace: https://www.elnuevoherald.com/entretenimiento/article230257599.html#storylink=cpy).

clásica: mantiene casi en su totalidad la unidad de espacio (excepto por el cambio en la última escena, la más breve de toda la obra) y toda la acción tiene lugar en aproximadamente un día y medio: desde la tarde del primer día hasta la madrugada del tercero.

Semejante a muchas versiones modernas del mito de Medea, la de Capote también representa el intercambio erótico entre los protagonistas en escena, algo que no encontramos en Eurípides, pero sí en la película de Lars von Trier de 1988 y en *Medea sueña Corinto* de Estorino, por ejemplo. Otras obras escénicas y cinematográficas (incluyendo ballet, teatro y cine) basadas en diversos mitos clásicos como Edipo también han hecho énfasis en representar momentos eróticos muy complejos en escena.

La presente edición cuenta con la traducción de Angela Pérez Domínguez, graduada de Español por Rockford University en la primavera de 2023 con una tesina que incluía, además de la traducción, un análisis de la obra. El proceso de revisión se ha llevado a cabo durante el otoño de 2025 como parte de la clase SPAN 379 - Publicar en español, impartida por mí, en la que los estudiantes Leonel Bautista, Gabriel Carreno, Andrew Johnson y Solomon Keip se han encargado del proceso de corrección final. Como ya es costumbre en nuestras ediciones departamentales en colaboración con kýrne, la Dra. Jenniffer Rea llevó a cabo la edición final del texto en inglés. A ellos agradezco el esfuerzo y las horas dedicadas a este proyecto.

III

El Creón de Capote insiste una y otra vez en que Medea no lo entiende. Más que no entenderlo, Medea no comparte su visión del mundo, pues ambos personajes se rigen por lógicas y éticas completamente distintas. Creón prioriza la lógica de los negocios y Medea la del amor. Para Creón todo tiene un precio, todo es comprable o vendible. Para Medea, desde Eurípides, el amor no es negociable en ninguna circunstancia. Ninguna de las dos lógicas tiene buen fin ni en Eurípides ni en esta versión moderna.

Creón y Creúsa terminan carbonizados. Jasón, que a pesar de seguir gustándole Medea, decide alejarse de ella por considerar que la de ellos es una relación enfermiza, prueba suerte con una muchacha para formar una familia, alejarse de su vida miserable y mejorar económicamente, pero termina perdiéndolo todo. Yuyú, mujer trans y madre imposible, pierde a los niños a los que estaba totalmente entregada. Medea misma, al ver esfumada la razón del amor que la mueve, decide acceder a la transacción con Egeo, de ayuda mutua; eso sí, negada totalmente a considerarla amor. Egeo, como en Eurípides, vuelve a ser el personaje que trae aunque sea un mínimo de esperanza y amabilidad a un terreno tan viciado, violento y negativo.

Capote añade a la "estructura preelaborada" (o prefabricada) que hereda del mito una complejidad mayor, diversidad sexual y más exilio como otras posibles "cargas explosivas" para su Medea que se sigue moviendo entre la fuerza de la tradición y las nuevas complejidades modernas.

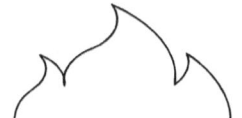

MEDEA
PREFABRICADA

Para Sandra Pérez, mi primera Medea

Y para Ernestico Naveda, que derrotó a Jasón

DRAMATIS PERSONAE

MEDEA

JASÓN

YUYÚ

CREÓN

EGEO

DOS NIÑOS

*

La casa: cuadrada y espaciosa. Todas las paredes sin repellar, algunas construidas solo hasta la mitad. El techo de fibras, muy alto, y el suelo totalmente irregular. Hay sacos de cemento apilados por todo el espacio.

En un ángulo hay un butacón de vinil negro con grietas por donde asoma la guata. En otro, una cama elevada sobre bloques.

Una sola puerta de entrada y salida.

I

Medea termina de construir una pared. Aplica un poco de mezcla sobre el muro, levanta un bloque y lo pone encima. Con el mango de la espátula le da unos golpes para que quede firme. Yuyú le ayuda.

Sobre la cama los niños juegan StarCraft en un dispositivo táctil. Los efectos de sonido del videojuego se mezclan con el sonido que produce Medea con la espátula.

YUYÚ. Mira a tus hijos. Míralos. Yo no voy a durarte toda la vida. Tú tienes que hacer por ellos. No yo. Una mujer tiene que darse su lugar, Medea.

MEDEA. Mi lugar es junto a Jasón.

YUYÚ. Medea… Nunca escuchas.

MEDEA. No me hables, no quiero oírte. Ni a ti ni a nadie.

YUYÚ. Cabecidura.

Medea levanta medio saco de cemento y lo pone sobre unos bloques. Tose.

YUYÚ. ¡Para!, ¡para! No puedes con esa carga.

MEDEA. Voy a terminar. Cuando Jasón vuelva tiene que encontrar una casa nueva. Y una Medea distinta.

Silencio.

YUYÚ. No va a volver. Recuérdalo. Se casa con la hija de Creón.

Medea levanta una nube de cemento.

YUYÚ. Tienes que olvidar, Medea, tienes que olvidar… Vete de una vez. Vuelve con los tuyos. El tiempo cura. Habrán hecho un hueco en su conciencia para disculparte, para entenderte. Intenta hablarles desde aquí. Por Imo. Búscalos en *feibuk*. Qué sé yo. Cualquier cosa de esas que se usan ahora. Quién sabe. Tal vez todo sea distinto. Van a ser diez años ya.

MEDEA. (*Sin escucharla.*) ¡Jasón es un hijo de puta!

YUYÚ. Cálmate.

MEDEA. (*Grita histéricamente.*) ¡No me voy a calmar! ¡No puedo calmarme!

YUYÚ. Mira cómo están tus hijos. Piensa en ellos. Háblales. Acurrúcalos. Dales una razón para dejar esas mierdas de aparatos. La vida sigue. La vida sigue. ¿Para qué sufrir por Jasón si quedan millones de hombres en el mundo? Tú tienes dos niños que te necesitan. Míralos, dan pena. ¿No te das cuenta? No son como los demás muchachos. Casi no hablan. Nada les asusta. Nada les duele. ¿Eso no te asusta a ti?

MEDEA. Calladitos son más bonitos.

YUYÚ. ¡Me da pánico oírte! ¡Son tus hijos!

MEDEA. Son hijos de Jasón. Miniaturas de su padre. No quiero mirarlos.

YUYÚ. Tienen tu sangre, Medea, también tienen tu sangre.

MEDEA. Y la de Jasón. Fueron hechos a su imagen y semejanza. Tienen las mismas manos de su padre. El rabo idéntico. Con el tiempo adoptarán sus vicios, sus poses, su sonrisa con la boca de medio lado, sus tics nerviosos en la ceja cuando mienten. Cometerán sus mismos actos, tendrán sus mismos deseos, harán sus mismas promesas. Vienen con eso incluido. Serán tan hijos de puta como él. Si pudiera los molería a los tres para comérmelos. Y vomitarlos por el tragante del baño. Pero me falta Jasón. Me falta Jasón.

YUYÚ. Al principio puede ser muy duro aceptar lo decepcionante que es la vida, pero es así. Esto es lo que es y tienes que aceptarlo. Hay que tener fe hasta que la decepción ya no duela tanto y te acostumbres a vivir con ella.

MEDEA. (*Llora.*) No puedo, Nana, no puedo con esto.

YUYÚ. (*Se le acerca, la abraza y acaricia.*) Estás cansada. Apenas duermes. Esta vigilia te dejará loca. (*Pausa.*) O te hará cometer desafueros de los que luego vas a arrepentirte. (*Un apretón.*) Te conozco, Medea. Solo me faltó parirte. Piensa que el tiempo cura. Todo está en tu cabeza. Tienes que usar el cerebro.

MEDEA. (*Llora, da golpes con los puños contra la pared.*) Yo tengo el cerebro en el bollo. Amo con el bollo, parí con el bollo y otro bollo se llevó a mi marido. Esto no es un problema de razón, Yuyú, esto es un problema de bollo. (*Respira fuerte, vuelve a llorar.*) ¡Qué hombre más sucio! ¡Nunca debí seguirlo! Nunca debí ser Medea.

YUYÚ. No vuelvas a verlo. Aprovecha y vete. Está enamorado de esa chiquilla. O de su lujo. Escúchame… Vende este cuchitril y lárgate antes de que empieces una tragedia… Otra vez.

MEDEA. Él no tiene el derecho de hacerme sufrir. No a mí, no a Medea. Medea se come la candela. Lo mío es mío, ese cuento te lo sabes bien, ese cuento se lo sabe todo el mundo. ¡Y se me respeta, coño! La calle Cólquida entera, con sus trescientos borrachos y sus quinientos delincuentes, me respeta. Jasón no puede hacerme esa mierda. ¡No! ¡No! Tú sabes de lo que soy capaz.

YUYÚ. No sigas. ¡Cállate!, ¡cállate! Tienes que irte de aquí. Ahora mismo. (*Va hasta el ángulo de la cama y abraza a los niños.*)

MEDEA. (*Vuelve a la construcción. Llora.*) Su lugar es este, Nana. Aquí. Ahora. Abriendo los sacos de cemento para que yo termine la mezcla, cargándome cubos de agua, tirándose peos con las patas abiertas sobre el butacón, rascándose el hongo de los dedos, pidiéndome que le alivie las quemaduras de los muslos… Su lugar es este. (*Cae desplomada sobre la mezcla.*) Su lugar es este. Su lugar es este. Su lugar es este.

Los niños se bajan de la cama, dejan los dispositivos táctiles sobre el butacón de vinil negro. Uno de ellos comienza a golpear con las dos manos el brazo del butacón, el otro lo hace contra la pared. Medea no los mira. Yuyú se acerca al primero, intenta quitarlo. El niño se resiste.

YUYÚ. ¡Ay, Dios mío!

II

La tarde del mismo día. Medea y Jasón están cerca de la cama.

MEDEA. ¿Dónde están tus cosas?

JASÓN. Medea…

MEDEA. ¿Dónde están tus cosas, Jasón?

JASÓN. Tranquila, ¿eh? Tranquilita. Vine porque me dijiste que ya estabas calmada. Si empiezas a gritar, me voy. (*Mira las paredes.*) Ya te queda menos.

MEDEA. Será más grande de lo que pensamos. Un cuarto solo para nosotros dos. Cuando vuelvas, va a ser diferente. Tú verás. Casa nueva, vida nueva. Medea y Jasón nuevos. Como si nos estuviéramos reciclando.

Silencio.

MEDEA. Voy a calentarte café.

JASÓN. Deja.

Silencio.

MEDEA. ¿Ya leíste tu horóscopo de hoy? (*Busca el teléfono táctil.*)

JASÓN. Deja.

MEDEA. (*Insiste. Coge el teléfono, abre la aplicación y lee.*) Siéntate.

Jasón no se mueve.

MEDEA. Cáncer. En el amor… (*Lee.*) "Antes de implicar a tu corazón en una nueva aventura amorosa, tantea el terreno…"

JASÓN. No empieces…

MEDEA. No lo dije yo. Lo dicen los astros. ¿Sigo? (*Leyendo.*) "Recuerda no dejar camino por vereda. Nunca sabes las consecuencias…"

JASÓN. Me llevo a los niños, Medea.

MEDEA. ¿Cómo?

JASÓN. Voy a quedarme con los niños. Dame la custodia.

MEDEA. No puedes…

JASÓN. Mejor no ir a los tribunales. Mejor no complicarnos. Tú no los quieres. Necesitan una atención especial. Aquí no hay condiciones para criarlos. Están… desabrigados.

MEDEA. (*Se le acerca.*) "Desabrigados". Te has vuelto fino. ¿Ya empezaron a educarte? Ahora tienes que hablar como esa gente.

JASÓN. No me jodas, Medea, no me jodas. Yo soy el mismo Jasón. El de siempre. A mí no me cambia nadie.

MEDEA. El Jasón de siempre compraba mocasines en los artesanos porque duraban dos años. Aunque le diera todo el fuete del mundo. (*Lo repara de arriba a abajo.*) ¿Y esos tenis? ¿Y ese reloj?

JASÓN. ¿Ya vas a empezar?

MEDEA. No te hagas el loco, Jasón, no te hagas el loco…

JASÓN. Voy echando.

MEDEA. No. Mírame. Soy Medea, ¡Me de a! ¡No juegues con candela!

JASÓN. Bájame las manos. Deja la gritería.

MEDEA. Refréscate. Refréscate. No puedes olvidar quiénes somos. Ni lo que hicimos juntos. Mi nombre tiene que estar pegado al tuyo: *MedeaJasón* o *JasónMedea*. Hay cosas que nos pesan en la cabeza. A los dos.

JASÓN. Sucia.

MEDEA. Recuerda lo de mi hermano.

JASÓN. No tienes pruebas para culparme.

MEDEA. Me las arreglé para que no nos echaran el muerto encima…

JASÓN. No tienes pruebas. No guardaste un trozo de tu hermano. Yo destruí los cuchillos.

MEDEA. Abre los ojos, Jasón. No pierdas la cabeza por el bollito nuevo. No puedes olvidar. Tú me debes mi futuro. Y el futuro es esta casa. Aún lo estamos construyendo. Ahora hay que terminarlo.

JASÓN. (*La empuja contra el butacón.*) Lo que quieras. Dime lo que te dé la gana. Pero dame la custodia.

MEDEA. Háblame claro. Si quieres un respiro, te lo doy. Yo termino la casa y tú vienes y la ocupas cuando refresques. Te dejo que me vivas, que me chupes hasta los huesos, pero sin mierdas de por medio. Siempre te gustó coger los mangos bajitos. Eso es normal. Eres así. Un vago. Te perdono una aventurita, una raya más para el tigre. Cosas de hombre. Yo sé. Estoy preparada para eso. Duele, pero se aguanta. Me estoy echando las culpas, me reviso y me digo que no tuve por qué hacerte esto o aquello, que soy la culpable de tu traición. Pero hasta ahí. A ti te toca regresar, perdonarme y fingir que no lo volverás a hacer. Que no vamos a separarnos nunca más. Hay cosas que no pueden disolverse. Medea y Jasón incluidos. Ve. Goza con la chiquilla. Pero vuelve.

JASÓN. Esta vez se acabó de verdad.

MEDEA. Vete y refresca…

JASÓN. No te tengo miedo. Voy a empezar mi vida una vez más. Lo nuestro es algo enfermizo. Estoy hasta el pelo de tus malcriadeces. Una detrás de la otra. Sin parar. Todos los días por algo distinto. Cualquiera se cansa de esa mierda.

MEDEA. Vete y refresca…

JASÓN. Voy a llevarme a los niños conmigo. Quiero curarlos. Y darles todos los gustos del mundo. ¿Tu horóscopo nunca te ha dicho que es bueno recomenzar a vivir? Pues yo lo sé. La vida no es esto, Medea. La vida es otra cosa.

MEDEA. Refresca.

JASÓN. Antes no pensaba en eso. O sí, sí pensaba, pero ponía los pies en la tierra. Había que comprar cemento, cabilla, piedra, arena, comida. Y aguantarte. Eso era lo peor. Me fuiste llenando la copa. Y tenía miedo. Conozco de lo que eres capaz cuando no puedes hacer las cosas a tu antojo. (*Pausa. Medea gime.*) Antes te quería. O te respetaba. Qué sé yo. Las cosas se me confunden.

MEDEA. Vete…

JASÓN. Cuando apareció Creúsa y me pintó tres gracias, me dije: "me la voy a comer". Tenía ganas de refrescar. Y refresqué. Ella no es nada comparada contigo. Tú eres más mujer. ¿Me entiendes, no? Tú eres más mujer. Pero me da mis gustos, me respeta. Y no me gobierna.

MEDEA. ¡Te voy a hacer tierra! Yo voy a acabar contigo de una vez. Contigo y con ella.

Medea empuña la espátula y se le encima. Jasón la esquiva, la inmoviliza contra la pared. Están muy pegados. Jasón respira sobre su oreja. Ella muestra resistencia al principio, pero después cede.

JASÓN. Se te acabó. No voy a metértela nunca más. Y voy a extrañar que jadees. No te lo niego. Nunca voy a encontrar un bollito como el tuyo, (*mete la mano dentro del pantalón de Medea, frota.*) eso lo sé. Pero acabaste conmigo. Creúsa es un buen partido. Inocente y fea. Será una madre excelente. Solo tengo que metérsela bien. Aunque al principio no deje de imaginar que es tu boca la que tengo entre las piernas. (*Se mete la otra mano dentro del pantalón y se masturba. Medea jadea y llora.*) Te lo advertí mil veces: no me chantajees, no me humilles, no me ataques, no te metas en mis cosas, no seas sucia, no seas sucia, sucia…, sucia… (*Ambos jadean a la vez. Jasón eyacula, muerde a Medea en el cuello. Se recuesta a la pared.*)

Silencio.

MEDEA. No puedes hacerme esto. No con mis hijos.

JASÓN. Los niños te importan una mierda.

Silencio.

MEDEA. ¿Y yo? ¿Qué hago ahora sin ti?

JASÓN. Jódete. Tú te lo buscaste.

MEDEA. (*Se le encima.*) Esa chiquilla tiene que saber quién soy yo. Le voy a sacar los ojos con la punta de un cuchillo. Ella tiene que saber que conmigo no se juega. ¡Con Medea no se juega!

JASÓN. (*La aguanta.*) ¡Cállate! ¡Cállate! Tú no vas a hacer nada. Esa es mi mujer ahora. Tienes que respetarla. Haz lo que tú quieras. Grita. Forma tu chanchullo. Eres más alarde que otra cosa. No puedes conseguir nada sin mí. Nunca has podido. Te ganaste ese nombre y ese respeto porque yo te cubría las espaldas. Pero ahora se acabó. Ni en la Cólquida de donde te saqué porque iban a matarte. Ni aquí en Corinto donde te antojaste de construir esta pocilga. ¡Tú no eres nadie sin mí!

Medea lo escupe. Coge un poco de cemento y se lo tira sobre los tenis.

Jasón la abofetea. La tira contra el suelo.

Medea grita.

Jasón la golpea.

Medea gime.

Jasón se abrocha la hebilla del cinto. Se limpia el polvo de los tenis con insistencia.

Limpia la esfera del reloj con el pulóver.

Sale.

III

Por la tarde. Yuyú y Jasón. En el butacón. Los niños juegan sobre la cama.

YUYÚ. Los hombres no hacen esas cosas.

JASÓN. Qué sabes tú lo que hacen los hombres. No te metas.

YUYÚ. Tiene un moretón en la ceja. Si se le infesta, esto se pone peor. Tú sabes que Medea es una mata de complejos. No tenías que haber hecho eso. Animal. Después de los golpes, salió. No me atreví a preguntarle.

Jasón pule la esfera de su reloj con el borde del pulóver.

YUYÚ. No quiero imaginarme lo que pasaría si la coge conmigo. Yo soy su confianza. No, no. Mejor no pensar en eso… Aguántate la mano. Aguanta. Todos estamos aguantando.

JASÓN. Voy a llevarme a mis hijos.

YUYÚ. Ni lo sueñes.

JASÓN. Quiero curarlos.

YUYÚ. Para eso estoy yo.

JASÓN. Tú no tienes que meterte.

YUYÚ. No te equivoques. No te equivoques. Tú sabes que esos chiquillos están vivos gracias a mí. Yo soy la madre y el padre. No te pongas bravo. Pero a ustedes les importa un carajo lo que pase con esos muchachos…

Jasón limpia con cuidado el borde de la suela de los tenis.

YUYÚ. Mira que están lindos esos tenis. Y el reloj.

JASÓN. Un sueño.

YUYÚ. Una pesadilla… La cosa va en serio. ¿Verdad?

JASÓN. Sí. Creúsa es la mujer que necesito a mi lado.

YUYÚ. Eso mismo dijiste cuando apareció Medea. Claro, te convenía. Todo lo haces a tu conveniencia.

JASÓN. Esta vez es distinto.

YUYÚ. Eso mismo dijiste cuando aparecí yo.

JASÓN. Cuidado.

YUYÚ. Yo también estoy sufriendo. ¿No te das cuenta? ¡Qué te importa lo que yo sufra! Yuyú es la campeona aquí. Soy la heroína de verdad. La que más aguanta. La que más se calla. La que mejor actúa. Al niño le dio por cagarla con una chiquilla que no me llega ni a los tobillos. A la otra le dio por ofenderse, por formar el ataquito de culo y ponernos a todos en jaque. Y Yuyú en el medio. Como siempre, tragando en seco cada vez que Medea me mira atravesado. Muerta de miedo de solo imaginar que Medea se entera de lo nuestro. Yo no tengo por qué estar así. No me lo merezco. A Medea le debo lo que tengo. Y lo único que tengo son ustedes dos y esos niños. Gracias a ella el mundo sabe que existo. Pero el culo es débil. Y cuando Jasón quiere ponérmelo más débil, ahí va Yuyú y le abre las piernas. Sin pensar en Medea. Sin pensar en lo que puede formarse si se entera. Sin pensar en que Medea mató a su hermano por lo mismo.

JASÓN. Tiene que ser así. Es tu función.

YUYÚ. Déjala.

JASÓN. No. Voy a vivir de verdad.

YUYÚ. Solo tú. Y que se joda el resto.

JASÓN. Ven conmigo. En aquella casa hay espacio. Nadie se ocupará de los niños como tú lo has hecho.

YUYÚ. Ni lo sueñes. Los niños se quedan aquí. Conmigo.

JASÓN. Tú no tienes que decidir eso. Si no quieres irte. Jódete. Pero con los niños se hace lo que yo diga.

YUYÚ. Te pongo una denuncia.

JASÓN. Y te destrozo la cara.

YUYÚ. ¿Es lo único que sabes hacer?

JASÓN. (*La agarra por el cuello contra la pared.*) Óyeme bien. Cuidadito. Te estoy tirando un cabo. Por comprensión, por agradecimiento, por lástima.

YUYÚ. (*En un ahogo.*) Suéltame.

JASÓN. (*La aprieta aún más.*) Te dimos demasiada confianza. Aprende a cogerle a las cosas su medida exacta. Medea te trajo para este reparto asqueroso porque te tenía lástima. En Cólquida iban a matarte por maricón. Allí las cosas son así. Y aquí en Corinto no son muy diferentes. Te has portado bien. Hasta ahora. Eso te mantiene a salvo. Medea te quiere como a su madre. Y a mí me cuadra cuando te la meto. Pero hasta ahí. No tienes voz ni voto. No te ilusiones. No sueñes con más de lo que toca. Los niños no son tu problema. Yo tampoco. Lo nuestro solo tuvo sentido con Medea de por medio. Me cuadra el riesgo. Me da morbo.

YUYÚ. Suéltame.

JASÓN. Convence a Medea para que me deje la custodia de los niños. A ti es a la única que escucha.

YUYÚ. Suéltame, coño.

Jasón la suelta.

YUYÚ. Cuando una mujer como Medea ve violados los derechos de su cama, no hay otra mente más asesina. Aconséjate tú. Deja esta historia como estaba antes de que apareciera Creúsa.

JASÓN. Eso no te importa.

YUYÚ. Esto no termina bien, ya verás. Voy a sentarme a esperar el final. No digo, no hablo, no escucho. Quiero que te remuerdas de dolor. Por abusador, por egoísta, por interesado.

JASÓN. Si no lo haces… Si no la convences de que tiene que darme los niños, se lo diré todo. No tengo nada que perder. Ya verás cómo también te desaparece.

Yuyú traga en seco.

JASÓN. Yo soy el héroe. Tú eres la niñera. Medea es una bruja. Creúsa es mi esperanza. Es así.

YUYÚ. No te confíes.

Jasón sonríe. Da dos pisotones sobre el piso y sacude los tenis. Mira a Yuyú. Va hasta la cama donde están los niños.

IV

Amanece. Medea y Creón. En la puerta.

CREÓN. ¿Puedo pasar?

Silencio corto.

MEDEA. ¿Por qué no vino tu hija?

CREÓN. Déjame pasar.

MEDEA. Dile que venga, que se vuelva una mujer ahora. ¿Ya se arrepintió?

CREÓN. Déjame pasar. No voy a conversar en la puerta, *¿okay?*

Silencio.

MEDEA. (*Mira hacia afuera.*) ¿Esos que están en la calle andan contigo?

CREÓN. ¿Los negros? ¿Los de la Suzuki?

MEDEA. Ajá.

CREÓN. Es mi *Security Service*. El Geely también es mío. Vamos adentro. (*Entra.*)

MEDEA. (*Cierra la puerta.*) ¿Me tienes miedo?

CREÓN. ¿Por qué?

MEDEA. Apareces así, de pronto. Con dos negros en moto custodiando la entrada de mi casa. Soy inofensiva. No tienes que formar ese aspaviento frente a mi puerta.

CREÓN. Nunca se sabe.

MEDEA. Eres un pendejo.

CREÓN. Relájate.

MEDEA. (*Enciende un cigarrillo.*) ¿Café?

CREÓN. No. Gastritis.

MEDEA. No voy a envenenarte.

CREÓN. Por si las moscas.

MEDEA. No soy bruja.

CREÓN. Fama de bruja sí que tienes.

MEDEA. ¿Quieres que te desaparezca?

CREÓN. Atrévete.

Silencio.

MEDEA. ¿Y entonces?…

Silencio corto.

CREÓN. (*En otro tono.*) Vamos a hablar como gente civilizada, ¿okay?

MEDEA. No me metas fuerza. No te equivoques.

CREÓN. Conmigo la cosa es distinta. Yo trabajo diferente. Mira, lo que pasó ayer en la calle no estuvo bien…

MEDEA. Tú no tienes que meterte en esto. Son cosas de mujeres. Si se me para delante, le hago lo mismo. Y cada vez que la vea le pongo la cabeza contra la acera.

CREÓN. Eso no va a pasar.

MEDEA. Aconséjala. (*Se mueve de lugar. Fuma. Creón la mira.*) Deja la miradera esa. A mí no me intimida nadie. Estoy así por tu culpa.

CREÓN. ¿Estás cómo?

MEDEA. Como una perra celosa.

CREÓN. Yo no fui responsable de lo de Jasón con mi hija. Se enamoraron. Y pasó.

MEDEA. Se enamoró de tu lujo. Y de tu poder. (*Pausa corta.*) Escúchame bien para que te acuerdes de mí cuando esto pase: Jasón hará lo mismo con ella. Cuando termine de jugar a cogerle el culito, cuando se aburra, va a hacer con ella lo mismo que hizo conmigo. Ya verás.

CREÓN. Y le muelo los riñones a patadas. Lo vuelvo comida para mis *bulldogs*. Le levanto la tapa de los sesos de un disparo.

Medea se queda en silencio.

CREÓN. Él sabe dónde está el peligro.

MEDEA. Tú no conoces a Jasón.

CREÓN. No lo conozco, no. Pero igual me respeta. Y a mi hija. Eso es lo que me interesa.

Silencio.

CREÓN. La hija de Creón no puede ser motivo de escándalos en la calle. Y menos por esas puterías. No me gustan los escándalos. No me convienen. (*Pausa.*) Creúsa es lo único que tengo. Quiero lo mejor para ella. No puedo defraudarla. Me da tres pitos que sea feliz con quien se le antoje. Siempre que no le hagan daño, voy a estar ahí para apoyar esa relación. Si es feliz con él, bienvenido sea. Lo asumí como un hijo. También voy a darle sus gustos. Siempre que se mantenga a raya, sin pasarse, sin abusar. Tú me entiendes. Somos padres.

MEDEA. Un día te vas a arrepentir…

CREÓN. No vine a pedirte consejos. Qué me importa tu criterio. Lo de ayer no puede repetirse, *¿okay?*

MEDEA. ¿Entonces, viniste a amenazarme?

CREÓN. No. Vine a negociar.

MEDEA. Ya te llevaste a Jasón. ¿Qué quieres ahora? (*Irónica.*) ¿A mí?

CREÓN. No me gustan las mujeres de tu clase. ¿Eso no se nota?

MEDEA. Hasta que las pruebes.

Silencio.

CREÓN. Si tus hijos y tú no estuvieran en el medio…

MEDEA. Jasón me pidió la custodia. Irán a vivir a tu casa.

CREÓN. Lo sé. Lo sé. Necesitan atención especial. Esto es una pocilga. Tú eres una muerta de hambre y no tienes la más mínima responsabilidad sobre ellos. Jasón no estará del todo feliz pensando en que sus hijos están mal cuidados. Toda esta situación no le deja apoyar la cabeza en la almohada. Y ella, Creúsa, se siente incómoda. Se preocupa. Es su marido, ¿no? Hasta puede que se sienta culpable. Me cuenta estas cosas y sé que lo hace buscando mi apoyo. ¿Qué puedo hacer ante una petición semejante de mi niña? ¡Apoyarla, lógicamente! Cargar con Jasón y con sus hijos. Ponerlos en un cuarto de mi casa y darles todo lo que necesitan.

MEDEA. Cría cuervos…

CREÓN. Y puedo hacerlo. Sin problema. Pero… ¿Por qué tendría que hacerlo? Jasón va a poner esa carga de tus dos niños sobre la mía. Y no son mis nietos. No tengo por qué ocuparme ni de ellos ni de ti. Tú estás fuerte todavía.

MEDEA. ¿De mí?

CREÓN. No soy estúpido. Con el tiempo, Jasón también querrá mantenerte. Y estarás aquí. A solo media hora de mi casa. Se burlarán de nosotros y entonces no habrá un final feliz en esta historia.

MEDEA. Termina con el espectáculo, entonces. Pon las cosas en su lugar. Devuélvemelo. Ya verás cómo se me quitan las ganas de pegarle la cara a tu hija contra la acera. Quítale el capricho de meterse con el marido de Medea. Cómprale otro hombre, acorde con su edad, con su nivel de malcriadez.

Pausa.

CREÓN. (*La mira, mueve la cabeza como si sintiera una de esas incomodidades difíciles de disimular.*) Eres una pajusita en mis ojos. Incómoda. Toda la noche dándome latigazos en la conciencia. Y eso no puede ser. Es algo que va en contra de la lógica.

MEDEA. ¿Cuál lógica? Lo único lógico es que lo mío es mío. Y voy a luchar por eso.

CREÓN. No me entiendes, no… No puedo detenerme a pensar en ti. Tengo otras cosas en las que ocuparme. Por eso de bañarse y guardar la ropa. No creo que entiendas de ese tipo de lógica… Yo no puedo caerme. Demasiado dinero moviéndose constantemente. No me entiendes, no. Es algo complejo. (*Pausa.*) ¿Por qué tienes que quitarme el sueño? ¿Quién eres tú? Solo una mujer como tantas otras mostrando un ataquito de celos por un macho. Conozco a las mujeres. Sé cuándo son demasiado ruidosas, demasiado frescas, demasiado putas, demasiado abusadoras, demasiada tarifa, demasiado veneno. O demasiado fuertes.

MEDEA. ¿En cuál de todas entro yo?

CREÓN. Me estás quitando el sueño. Y eso no está bien. Tengo que sacarte del juego. A cualquier precio.

MEDEA. Me siento halagada. Me asombro. Digo, nunca nos hemos visto más que de paso, un saludo bajo tus espejuelos oscuros si coincidimos en la acera. Un guiño, quizás. Pero te he visto, siempre envuelto con toda esa cuestión moderna de la seguridad personal. En toda esa cuestión moderna de lucir el poder, el lujo. Digo exhibición, cadenas de oro macizo, perros *bulldogs*, negros en moto, un Geely, casa tapada con un muro de dos metros, una hijita malcriada, adolescente enganchada al móvil en el medio de la calle, pelo postizo, uñas de acrílico, cara postiza. Pichón de puta. Una pasa por tu lado, creyéndose insignificante ante semejante panorama, empujando la carretilla de sacos de cemento, empujando un futuro prometido. Creyendo nunca ser vista bajo las gafas Armani. Demasiado churre en las chancletas artesanales. Tremenda peste a sudor en la blusita del pulguero. Lo que es igual a mujer de la media-baja, obrera muerta de hambre jamás perseguida por el retrovisor de tu carro. Y resulta que soy una amenaza… ¿Qué tengo que hacer?

CREÓN. Aquí tienes una tarjeta de crédito. Una de tantas. Cómprate la felicidad. Vete. Desaparece de Corinto. Deja de ser un problema para mi hija, para Jasón, y para mí. Llévate a tus hijos cuanto antes sin que Jasón conozca tu paradero. No pongas ni un ladrillo más en este hueco. Coge mi dinero y haz lo mejor para todos. Me lo agradecerás algún día. Créeme. Cinco mil dólares ahora mismo dentro de este pedazo de plástico.

Silencio.

MEDEA. (*Mira la tarjeta de crédito. La tira a los pies de Creón.*) No puedes decidir mi destino porque te sale de los cojones. Aunque me traigas veinte negros de tu ridículo cuerpo de seguridad para intimidarme, no voy a darte ese lujo.

CREÓN. (*Recoge la tarjeta con cautela.*) Medea…

MEDEA. ¿Por qué no llamaron a la policía? Una denuncia. Una orden de alejamiento. ¿Por qué el chantaje?

CREÓN. Definitivamente no puedes entenderme…

MEDEA. Eso te crees. No me denuncias porque sabes que no te conviene meter a la policía. No te conviene. Pues ahora mismo salgo y te denuncio yo. Ningún negocio en Corinto es tan bueno como para ofrecerme esa cantidad de dinero a cambio de que me aleje de tu hija. ¿Qué es lo que pasa?… ¿Te entiendo o no?

CREÓN. (*Se ríe.*) Tengo todos los peones bien puestos. No tengo miedo. (*Se le acerca. Le habla casi en susurro.*) No te marees. Me estoy haciendo el bueno, el razonable. Tú sabes que si me da la gana te quito del medio por otra vía. Una más peligrosa. Más baja. Más puerca. No te conviene que se sepa lo que una vez hiciste. No te conviene que descubran la mancha de sangre que tienes en las manos.

Medea se queda quieta.

CREÓN. Lo sé todo. Lo de tu hermano. No soportaste que se metiera entre Jasón y tú. Lo quitaste. Para siempre. Sin rastro. Después te moviste caliente para que todo pareciera un accidente. Ahora tengo la prueba. Y tu familia, y la policía, todos desean aniquilarte.

MEDEA. Son especulaciones.

CREÓN. No. Hay un testigo. Uno que ya no pudiste aguantar y se zafó. Al que le pariste para comprometerlo contigo. Una coartada echada a perder que ahora está bajo mi ala. Tengo un cuchillo, Medea. Cuando lo saque es para usarlo. ¿Cómo quieres que duerma tranquilo? Creúsa se te ha metido en el medio como tu hermano. La misma edad. El mismo deseo por el mismo hombre. Corre con la misma suerte que él. La bronca de ayer pudo ser solo el inicio. Pero yo estoy aquí. Vete. Este es el pago por mi tranquilidad.

Silencio.

MEDEA. (*Muy quieta.*) Estás hablando mierda.

CREÓN. Ponme a prueba. Vamos a ver quién gana.

MEDEA. (*Piensa.*) Dame un plazo de dos días. Para irme, para desaparecer de todo esto.

CREÓN. Dos días es demasiado margen para una mente asesina.

MEDEA. Un día, entonces. Será suficiente.

Silencio corto.

CREÓN. Un día. (*Saca un móvil. Mira la hora.*) Mañana a esta hora vengo a sacarte. Ahí te daré el dinero. No quiero complicaciones, *¿okay?*

MEDEA. *Okay.*

Se quedan unos segundos muy quietos.

Creón sale.

Medea se mantiene en silencio.

Se escuchan dos motos arrancando desde la calle. Un humo gris se cuela por las hendijas de las paredes a medio construir.

V

Yuyú y los niños. Mediodía.

Ambos niños están atados ligeramente en el butacón. Frente a ellos, Yuyú, sentada sobre un bloque, tiene una vasija con comida en la mano. Un pomo con agua en el suelo. Antes de ponerles la comida en la boca, refresca cada cucharada soplándola.

Uno de los niños grita cosas ininteligibles. El otro mira al techo y golpea insistentemente con la manito sobre el brazo del butacón.

Yuyú tiene que sostenerles las mandíbulas para introducir la cuchara. En muchas ocasiones, la comida es devuelta desde la boca de los niños hasta el pecho de Yuyú. Ella, pacientemente, se limpia, coge otra cucharada, la sopla y vuelve a llevársela hasta la boca.

YUYÚ. Avioncito, avioncito. A ver, a ver… No la botes, no la vayas a botar. Dale, mastica. ¡Mastica! ¡Eso es! (*Otra cucharada.*) Ahora tú. Mírame. ¡Mírame! (*Sostiene la mandíbula del niño.*) Abre. ¡Abre! Ahhhh… Grande, ¡grande! Eso. Mastica, mastica. ¡Ahí está! (*Pone la vasija sobre sus muslos, coge el pomo con agua, lo abre, se da un buche y después lo pone en la boca de cada uno de los niños.*) No la botes. Traga. A ver tú. Sin botarla. ¡Sin botarla! ¡Ahí! (*Pone el pomo y coge la vasija.*) ¿No quieren más? Sí, otra, otra. La última. La última. Avioncito, avioncito… Eso, ¡eso es! Ahora tú. Mírame. Mírame. Abre, abre grande. Ahh, Ahh, grande… Ahí. Ya, ya.

Yuyú suspira, trata de estirarse.

Los niños gritan y se mueven intentando zafarse.

Yuyú se levanta tranquilamente, zafa la tela que los amarra.

Los niños corren hasta la cama, cogen los dispositivos táctiles, juegan.

Un sonido de armas de guerra invade todo el espacio. Yuyú los observa.

YUYÚ. Pobrecitos. No saben nada del mundo. Ni gota de conciencia para darse cuenta de lo infelices que son. Mejor para ellos. Mejor no saber. Antes me aturdían con todo el tiroteo que salía de esos aparatos. Ya no. Peores tiros escucho desde muy cerca. Se avecina una banda de misiles. Nos amenazan. Medea tiene un color en la cara que no me gusta. Es un color que he visto antes ahí, en un momento de su pasado que es mejor no recordar. Me entran escalofríos si imagino. Mejor no imaginar. (*Se queda mirándolos un instante.*) Dios le da barbas a quien no tiene quijada.

Medea entra con un galón de gasolina en la mano.

YUYÚ. Un día de estos vas a explotar como Cafunga.

MEDEA. Ya estoy reventada de todas maneras.

YUYÚ. Hija…

MEDEA. ¡No empieces!

YUYÚ. Dónde tú estabas.

Silencio.

YUYÚ. Medea…

MEDEA. (*Como una fiera.*) ¡¿Qué?!

Pausa.

YUYÚ. Tienes que calmarte. Mira a tus hijos.

MEDEA. No empieces, no empieces.

YUYÚ. Estás pensando como mujer y no como madre.

MEDEA. Porque soy una mujer, de la punta del pelo hasta los pies. ¡Soy una hembra! ¡No como tú! Mujer inventada, maricón arrugado. ¡Me tienes hasta el culo con tus consejos y toda esa porquería de la atención de mis hijos! ¡Me tienes hasta el culo! ¡Déjame tranquila! Si tanto te importan, ¡llévatelos!, sería lo mejor para mí, coño, una desdicha menos de la que quejarme.

Silencio.

Yuyú va hasta la puerta.

MEDEA. (*Deteniéndola.*) Discúlpame.

YUYÚ. Déjame salir.

MEDEA. No, Nana, no, de verdad, discúlpame. Soy una comemierda, tengo la cabeza como un cartucho de dinamita, no quise decirlo. Lo sabes. Eres como mi madre, coño, tú me entiendes.

YUYÚ. O tu padre.

Se miran unos segundos. Sonríen.

YUYÚ. Ya tus hijos comieron. El más grande botó más comida de la que tragó. Encárgate de una vez de atenderlos con un especialista. Quién sabe si mañana puedan hacer por ti, cuando seas una vieja. Limpiarte el culo al menos. Tienes dos hijos. Recuérdalo. Eres afortunada. Usa la cabeza. Úsala. Hay quienes no tenemos ese privilegio. El de los hijos, digo.

MEDEA. Dame un abrazo.

YUYÚ. No lo necesitas. Tienes un bollo que te hace inmortal, mitad mujer, mitad diosa. Al menos eso es lo que te crees.

Una sonrisa de ambas. Se abrazan.

MEDEA. Discúlpame. Dime todo lo que quieras. Dímelo.

YUYÚ. ¿Para qué? Todo lo que te digan será por gusto. Cuando un hombre hace metástasis dentro de una mujer, no hay nada que pueda curarla. Quizás el tiempo pueda aliviar el dolor. Pero eso solo depende de ti.

MEDEA. Mi destino era Jasón. Y ya ves cómo todo se desmorona, otra vez. Como si mi vida ya estuviera prefabricada. Debe ser eso, debe ser que uno vive una vida ya diseñada desde antes.

YUYÚ. Hoy estás delirando.

MEDEA. Puede ser. Los hechos me han llevado a sacar cuentas, a pensar.

YUYÚ. Nunca antes te he visto pensar.

MEDEA. Hablo en serio. Revisa mi vida. Primero pierdo a un hermano por enamorarme de Jasón, después Jasón me traiciona y ahora su suegro me exige, ¡me obliga! a irme con mis hijos de aquí. Si no me largo pronto, no voy a poder vivir tranquila. Lo sé.

YUYÚ. Entonces plantéate no sufrir, y no sufras. Ya verás cómo nadie es responsable de ti, solo tú misma. Las cosas hay que hacerlas bien, no puede tratarse solo de una bronca con esa chiquilla en el medio de la calle. Tienes que darte un lugar. Tú eres Medea.

MEDEA. ¿Cómo?

YUYÚ. No sé. Mejor no me hagas caso. Tal vez estoy hablando porquería… Piensa en lo que haría Medea cuando se siente burlada… Piénsalo tú sola. No me inmiscuyas en eso. (*Silencio.*) Vengarse puede ser bueno. Ponle fin a esto. Búrlate de los que se ríen de ti. De los que te usan siempre de la misma manera. Tal vez te sientas mejor. Digo yo… Puede que tal vez no.

MEDEA. Nunca me dirías algo así.

YUYÚ. Quizás hoy pueda decírtelo. Hay tantas cosas que pienso y nunca digo. Por mantener la calma, por ponerle orden a las cosas, por ser como soy. Puede que me hayan diseñado para eso, digamos que es mi función en el mundo. Tal vez tengas razón. Tal vez estamos prefabricados para algo. Tal vez no. Por si acaso, ya me he burlado de todos. Nací como un hombre y ahora soy una mujer.

MEDEA. Eres la única que me entiende.

YUYÚ. Solo me faltó parirte.

Silencio.

MEDEA. ¿Qué hago entonces?

YUYÚ. Eso mismo que estás pensando. Eso mismo.

MEDEA. ¿No te da miedo?

YUYÚ. A veces hay que enfrentar el miedo para conseguir la felicidad. Piensa bien cómo harás las cosas, y vete. No pongas nunca más un pie en Corinto, este no es un barrio para ti, tiene nombre de tragedia… Eso sí, los niños se quedan conmigo.

Uno de los niños comienza a gritar. El otro lo golpea con el dispositivo táctil.

Yuyú corre hasta ellos e intenta calmarlos.

Medea se sienta en el butacón. Piensa. Mira los materiales de construcción dispersos por el espacio. Se levanta, va hasta las paredes recién construidas, las acaricia, las besa. Llora.

VI

Por la tarde. Entra Egeo.

MEDEA. ¿A qué viniste?

EGEO. Dando vueltas llegué hasta aquí.

MEDEA. ¿Alguien te vio entrar?

EGEO. Nadie. Toda la calle corrió a ver la bronca.

MEDEA. ¿Cuál bronca?

EGEO. Una de tantas. Desde lejos vi solo el tumulto. Parece que hay un muerto. Me colé por el pasillo. No, nadie me ha visto entrar.

Medea cierra la puerta y las ventanas.

EGEO. Esta oscuridad me recuerda tantas cosas.

MEDEA. No estoy para cochinadas ahora.

EGEO. ¿Estabas llorando?

MEDEA. Ya me quedé seca.

EGEO. Estás más delgada.

MEDEA. Muerta de flaca.

EGEO. Te ves bonita.

MEDEA. No me jodas.

EGEO. Ven acá.

MEDEA. Hoy no.

EGEO. Vamos a hacerlo. Como siempre. Un palito rápido antes de que vuelva la vieja con los niños.

MEDEA. No.

EGEO. Así, medio vestida por si Jasón nos sorprende. Arriba de los sacos de cemento. Con el cuchillo enganchado en el cinto para fingir que te violo. Por si las moscas. Con una mordaza en la boca.

MEDEA. Jasón no va a volver.

EGEO. Lo sé.

MEDEA. Se casa. Con la hija de Creón. ¿Tú la conoces?

EGEO. Conozco a todo el mundo. Y muy pocos me conocen a mí. Siempre pasa por mi acera, se cubre los oídos con audífonos para no escuchar lo que cree que le dirían. Y se tapa los ojos con gafas oscuras para no mirar a los carretilleros manchados de tierra. Sin embargo, nadie le hace caso. Demasiada arrogancia, demasiada insensatez. Eso sí, el olor a perfume caro se queda impregnado durante segundos. Tú eres más linda. ¿Por eso llorabas?

MEDEA. Me duele. Aquí. El amor duele en la barriga. Estoy asqueada. Qué hombre más sucio.

EGEO. ¿Se enteró de lo nuestro?

MEDEA. ¿Qué cosa es "lo nuestro"?

EGEO. Lo que hacemos sobre los sacos de cemento, a medio vestir por si nos sorprenden.

MEDEA. Nada de eso es real. Nunca ha pasado cosa tan absurda. No te conozco de nada. Nunca te vi más que de paso. Quizás un día te compré alguna libra de viandas. Pero hasta ahí. Ni un saludo siquiera, ni el nombre preguntado. Tu nombre no me suena de ningún lugar. ¿Te queda claro? Trata de no meter la pata.

EGEO. No soy estúpido.

MEDEA. Pero eres joven. Y te equivocas como todos los de tu edad, tienen muy poco que perder.

EGEO. Ahora estamos libres. Jasón se quitó del medio. Podemos plantearnos algo juntos.

MEDEA. ¡Hazme el favor!

EGEO. ¿Qué? ¿No me crees responsable? Tengo veintidós. Conozco la vida tanto como tú. Sé dónde están los rincones más oscuros de las calles, y lo que ahí se hace. Trabajo. En un puesto de viandas, pero escapo, me mato el hambre. También leo. Mucho. Detrás del puesto de viandas hay tiempo para echarle un ojo a uno que otro libro. Me ayuda con el lenguaje. Sueño ser alguien un día. Lejos de toda esta cochiná.

MEDEA. Búscate una de tu edad.

EGEO. Te quiero a ti. No por capricho te cargué la jaba cuando nos conocimos. Una vez que puse los ojos sobre ti y sobre la carretilla con ladrillos que empujabas calle arriba, me dije que serías mía. Ley de la atracción. ¿No sabes lo que es eso?

MEDEA. No me enredes con esa mierda. Estoy hecha un charco de dolor.

EGEO. Estás hecha un charco de rencor y de venganza.

MEDEA. No tengo alternativas. Jasón quiere la custodia de los niños. Creón me amenaza si no me largo mañana por la mañana.

EGEO. Lo sé todo, Medea, no te molestes en contarme nada. Jasón pasa con su nueva esposa todas las tardes. En Suzuki negra, la recuerdo por la calcomanía del tanque: Argos. No sé por qué le ha puesto ese nombre. Estoy convencido de que no sabe lo que significa.

MEDEA. Mejor no saber. (*Egeo la acaricia.*) Sácame de esta pocilga. Busca el dinero. Te lo devolveré poco a poco.

EGEO. No tengo tanto dinero ahora. Pero puedo pedirle un préstamo a Creón. No se negará. Es otro de sus negocios.

Presta el dinero y después hay que devolverle una cifra mayor. Él sabe que desde el puesto de viandas puedo verlo todo. Creón quiere tener a todos callados. Claro que me lo prestará. Y me lo devolverás con cada hijo que me des. Con cada segundo de dicha. Vamos a casarnos. No habrá más sufrimiento para Medea. Nunca volverás a poner un bloque sobre estas paredes. Ni sobre otras.

MEDEA. Ayúdame.

EGEO. Nos vamos bien lejos. Te lo prometo. Sé de los marineros que entran de madrugada. Conozco a algunos. Soy precavido, me gusta conocer todos los terrenos. Mañana a esta hora estaremos riéndonos de todos. Ley de la atracción... Es hora de recomenzar tu vida. Voy a encargarme de que olvides todo lo que has vivido. Haré de ti una Medea nueva. Nunca es tarde para eso.

MEDEA. No me prometas nada. Estoy hasta el culo de promesas. Llévame contigo. Pero no te equivoques. No te pases de la raya. Yo te sirvo y tú me sirves. Pero sin hablar de amor.

EGEO. ¿Qué harás con tus hijos?

MEDEA. Dejarlos en un sitio seguro.

EGEO. A medianoche te espero en el puesto de viandas... ¿En qué piensas?

MEDEA. Cosas mías.

Egeo sale.

Medea toma el galón de gasolina. Sale.

VII

Madrugada. En el centro de la casa hay una gran pila de escombros. Dos paredes han sido derrumbadas. Yuyú intenta quitar algunos escombros. Jasón aparece con un cuchillo en la mano. Desde afuera se escucha una algarabía tremenda.

JASÓN. ¿Dónde está Medea?

YUYÚ. Se fue.

JASÓN. ¿A dónde?

YUYÚ. No lo sé.

JASÓN. ¡La mato!, ¡la mato!

YUYÚ. ¿Qué pasó? ¿Por qué hay tanta gritería por todas partes?

JASÓN. Medea acabó con mi vida. Mi mujer y mi suegro están ahora muertos.

YUYÚ. ¿Cómo muertos?

JASÓN. Achicharrados. ¡Fue Medea!, lo sé, no pudo ser nadie más. Y la voy a matar. ¡La voy a matar, cojones! Que se acabe la maldición de su nombre sobre la tierra. Merece estar muerta.

YUYÚ. Cálmate.

JASÓN. Tú y yo sabemos de lo que es capaz.

YUYÚ. Te lo dije.

JASÓN. (*Se acurruca sobre las piernas de Yuyú.*) Coño, ahora que pensé que todo sería distinto, ahora que estuve tan cerca de la felicidad. La felicidad no es esto, Nana, la felicidad es otra cosa. Con tenis Kelme, Orient cinco estrellas y una Suzuki con calcomanía que dice Argos. No sé qué coño significa esa palabra, pero puesta en el tanque de la moto me hacía sentir un héroe. Nunca estuve tan cerca de la felicidad. Nunca.

Yuyú llora.

JASÓN. Tenías que haber visto la explosión. Qué horror, cojones, qué peste a carne quemada. La gente corrió y yo no pude moverme. La voy a matar, la voy a matar.

YUYÚ. Cálmate.

JASÓN. ¿Dónde está?

YUYÚ. No la busques.

Silencio.

JASÓN. ¿Y mis hijos?… ¿Dónde están los niños, Yuyú?

Silencio.

JASÓN. (*Deja de llorar y se pone en alerta.*) ¿Dónde están mis hijos? (*Arremete contra Yuyú, la incrusta contra la pared, la amenaza con el cuchillo.*)

YUYÚ. No la cojas conmigo. Mátame, me harás un favor. No sé dónde están tus hijos. Y pienso en lo mismo que tú, lo mismo. Y si eso que ambos pensamos ahora mismo es real, no quiero seguir viviendo para recordarlo.

Jasón se acerca a la pila de escombros, traga en seco, comienza a retirarlos poco a poco. De pronto, descubre un brazo de niño.

Yuyú comienza a gritar.

Jasón llora mientras quita escombros desaforadamente. Van apareciendo restos de niños debajo de los escombros.

Ambos miran horrorizados.

YUYÚ. Mátame, Jasón, mátame. No quiero ver, no quiero ver lo que sigue. (*Se golpea contra la pared.*)

Jasón intenta decir algo, pero no puede. Intenta gritar, tal vez, pero no puede. Llora.

VIII

En la costa. De madrugada. La única luz, la del teléfono móvil de Medea.

EGEO. Apágalo. ¿Qué haces? Nos pueden descubrir. La única luz que se verá salir desde estos mangles será mi linterna en el momento exacto.

MEDEA. Tengo que leer mi horóscopo.

EGEO. Que sea rápido, los demás comenzarán a quejarse también.

MEDEA. Ya.

EGEO. ¿Qué dice?

MEDEA. Que tendré suerte. Que voy a ser feliz. Que aumentarán mis ingresos. Que mi relación de pareja goza ahora de buena salud.

EGEO. Eso es un buen augurio.

MEDEA. Sí.

EGEO. ¿Jasón te dijo algo?

MEDEA. No.

EGEO. ¿Y los niños?

MEDEA. Más tranquilos que nunca.

EGEO. Un día volverás a verlos.

MEDEA. Tal vez no.

EGEO. Como quieras.

Sonido de motor. Una lancha se acerca.

Egeo parpadea con la linterna.

℘

Constructing Medea

YOANDY CABRERA

I

Euripides' *Medea*, which premiered in Athens in 431 BCE, is one of the works with the widest reception and greatest influence in the history of world literature and art.[1] When introducing a second volume of studies on plays based on this mythical heroine in 2007, Andrés Pociña and Aurora López stated that "it had already become clear to us that it was useless to try to avoid the appearance—almost the harassment—of Medea."[2] Internationally, it is enough to mention Seneca, Corneille, Anouilh, Müller, and Luis Alfaro to get a sense of her impact. In the Cuban context, theater scholar and critic Rine Leal mentions in his volume *En primera persona* a nineteenth-century Cuban *Medea*, written in the vernacular tradition by Pancho Fernández—clearly situated in the realm of parody—and based on Ernest Legouvé's *Medea*.[3] In *Aristodemo* (1867), Joaquín Lorenzo Luaces mentions "the insane furies of Medea." Since then, the presence of Medea in the Cuban context has become essential

---

[1] With this play, Euripides won third place at the festival of the Great Dionysia.

[2] Andrés Pociña and Aurora López. *Otras Medeas*. Universidad de Granada, 2007, p. 8.

[3] Mentioned by José A. Alegría in "Nota sobre *Medea reloaded*", in *Tablas*, n. 3-4, vol LXXXVII, July-December, 2007, p. IV.

for understanding the island's conflicts across different periods. Some of the most important examples include *Medea en el espejo* (1960) by José Triana, *Medea* (1996) by Reinaldo Montero, *Medea sueña Corinto* (2008) by Abelardo Estorino, and *El bello sino* (2005) by Yerandy Fleites.

"The land of myth"—as Montero explains—provides a "pre-elaborated structure" into which "explosive charges" can then be placed.[4] One of those Medeas into which new "explosive charges" have been inserted is *Medea Prefabricated*, written by Iran Capote. Premiered in Cuba in 2017 by Teatro Rumbo under the direction of Yasey Muñoz and presented in Miami by Proyecto Teatral Puertas in collaboration with Artefactus Cultural Project in May 2019,[5] the play was first published in 2020 by Editorial El Mar y la Montaña.[6] It is now offered in a bilingual Spanish–English edition, edited, translated, and revised by faculty and students at Rockford University.

II

Medea Prefabricated establishes a series of dynamics and interpretive possibilities that shift from spectator to character. Capote's protagonists—much like María in José Triana's play—are not fully aware of their mythical past. From the title itself, Capote

---

[4] "I like the land of myth. There you find the pre-elaborated structure. The idea, then, is to place explosive charges." (Hans Christoph Buch, "Escribir debajo de una piedra. Conversación con Reinaldo Montero," in *La Gaceta de Cuba*, n. 6, November-December 2002, p. 42).

[5] The production was directed by Miriam Bermúdez in a staging by Proyecto Teatral Puertas, in collaboration with Artefactus, directed by Eddy Díaz Souza. (José Abreu Felippe, "*Medea prefabricada*, una actualización del mito," in *El Nuevo Herald*, May 10, 2019). Link: https://www.elnuevoherald.com/entretenimiento/article230257599.html#storylink=cpy).

[6] The play has also been included in the volume *Los dramas de mi arrebato* (Sequoia, 2025), alongside the pieces "Toska" and *"Eau de toilette"* by the same author.

plays with an element tied to tragic irony:[7] Medea has the feeling that her life is prefabricated, as if someone had already decided the steps she must follow. For his part, Jason has placed a decal on his motorcycle that reads "Argos," which he loves because it makes him feel important, even though he doesn't know what it means (pp. 113, 115). As in Triana's work, the characters in this play move from their noble Greek past of heroes and princesses to the marginalized neighborhoods of the twenty-first century.[8] This is what Rine Leal defined in 1963—based on Triana's play—as going "from the cothurnus to the flip-flop," that is, "transforming Hellenic myths into tenement gossip."[9]

For Capote's characters, seeking a new opportunity becomes essential amid the suffocation each one experiences depending on their individuality and personal priorities. From her first lines, the main character wants Jason to find "a different Medea" (p. 82) when he returns. In the second scene, she tells Jason that they will have "new house, new life. New Medea and Jason. As if we were recycling ourselves" (p. 85). This recurring and intensifying element throughout the play, which at first may seem connected to her love for her partner, is also linked to a dissatisfaction with the past. Aegeus, who will help her escape, tells her: "It's time to start your life over. I'm going to make sure you forget everything you've been through. I will make you a new Medea. It's never too late for that" (p. 114).

---

[7] "Tragic irony" arises from the contrast between what the audience knows and what the character does not.

[8] Ayla Sánchez March, in her master's thesis titled *Una actualización del mito de Medea en el teatro cubano del siglo XXI: Medea prefabricada, de Iran Capote* (Universidad de Alicante, 2022), examines some parallels between Capote's *Medea* and its island predecessors written by Triana and Montero.

[9] Rine Leal writes in "El nuevo rostro del teatro cubano" (*La Gaceta de Cuba*, year 2, n. 19, June 3, 1963, p. 12): "*Medea en el espejo* showed its author lowering the dignity of the cothurnus to the humility of the flip-flop, transforming Hellenic myths into neighborhood gossip, and revealing in our popular characters the existence of a different and unexpected reality."

For the protagonist, that past goes back to what happened when she lived on Colchis Street, where she resided with her family, and from which she had to leave. But for the spectator—and this is where the use of tragic irony can be pinpointed with the greatest precision—the past extends back to mythological Colchis on the Black Sea. In the first scene, when Yuyu says to Medea, "Leave before you commit a tragedy. Again" (p. 84), the meaning of these words differs for the character and for the spectator. Yuyu and Medea seem to be speaking about what happened on Colchis Street ten years earlier. But the spectator can make the connection with the term tragedy, with the Greek myth, and with Euripides' play—in other words, with the mythological Medea, the one Capote's Medea senses but cannot fully grasp.

The term *bruja* ("witch") is also used with a certain ambiguity in Capote's version. His Medea consults both her own horoscope and those of her loved ones with noticeable insistence on her smartphone. There is no evident connection between her and Afro-Cuban religious beliefs—something we do find in José Triana's María and in Estorino's Medea, in line with other female characters in the Cuban theatrical tradition who engage in similar romantic relationships, such as María Antonia in Eugenio Hernández Espinosa's play of the same name; la Jabá and la Santiaguera in *Réquiem por Yarini* by Carlos Felipe; and Camila in *Santa Camila de La Habana Vieja* by José Ramón Brene, among others. In Capote, Medea herself tells Creon that she is not a witch, to which he replies that "you're known for being a witch" (p. 96). This seems to refer not only to the magical powers of the Greek character but also—and above all—to the colloquial sense of the term as recorded in the RAE *Dictionary*: an evil woman, with synonyms such as *víbora* ("viper"), *bicho* ("nasty piece of work"), *harpía* ("hag"), or *pécora* ("bitch").[10] As Yuyu reminds

---

[10] This seems to be the meaning of the term, for example, in *"La bruja,"* a song by José Luis Cortés *(El Tosco)* performed by NG la Banda, whose chorus goes: "You are a witch, a witch without feelings."

Jason: "When a woman like Medea sees the rights of her bed violated, there is no other mind more murderous" (p. 94).

It does not appear that Medea, in this version, uses magical powers to destroy Creon and Creusa. She is seen arriving with a gallon of gasoline (p. 105), and later, a terrible fire is mentioned (p. 116). But she does not use poisons or potions. She even tells Jason, "Don't play with fire!" (p. 87). Her greatness, in this context, is tied to her condition as a dangerous and powerful woman from a marginalized neighborhood where she was feared for what she had been capable of doing: killing her brother. Her power is not divine in the traditional sense, but arises from her resilience, vehemence, and impulsive personality. This Medea, moreover, in contrast to Euripides' version, leaves her house during the play and even gets into a street fight with Creusa.

In Capote's play, Medea takes pride in her condition as a woman devoid of modesty or restraint. All her fierceness and fury arise from her feminine nature. Because of her personal conception of womanhood, she gets into a physical fight with the new girlfriend of her children's father, since she believes that is what she must do to defend what she considers hers; it is part of her *timé* (honor) and *areté* (excellence) as a woman of a popular neighborhood. She is, as one would say in Cuba, "more woman than mother," and she embraces this insolently and directly, without any remorse.[11] That is why Yuyu tells her she has "a pussy that makes you immortal, half woman, half goddess. At least that's what you believe" (p. 107). And in the second scene, Medea herself declares that she has "my brain in my pussy. I love with my pussy, I gave birth with my pussy. And another pussy took my husband. This isn't a problem of reason, Yuyu. This is a pussy problem" (p. 84).

---

[11] According to Wilfredo A. Ramos Vázquez, also in Euripides, "for her [Medea], her role as a woman in her society is more important than her function as a mother" ("Una Medea del ayer y del hoy," in *Gaspar, el lugareño*, May 30, 2019. Link: http://www.ellugareno.com/2019/05/una-medea-del-ayer-y-del-hoy-por.html).

Defined from the perspective of a marginalized and poorly educated character, the pussy becomes in Medea a metonymy for her character and personality, for her essence as a woman and as a human being. If for Homeric epic, the thymotic space—the seat of emotion—lies in the chest or the heart, for this Medea, thinking and loving are mediated through her condition as a woman in the most physical, impulsive, and primal sense.

Already in Euripides, Medea defies the value code of the epic hero through her aggressive femininity. She is even defined using terms and concepts associated with manliness in matters of *timé* (honor) and *areté* (excellence), which is why, from Attic tragedy onward, the character seeks to destabilize these concepts and fixed social roles.[12] Capote, too, begins from Euripides and, of course, from Cuban authors like Triana in his realist and domestic emphasis. The Greek playwright already presented us in the fifth century with a domestic strife rendered with sharp and even painful realism; the Greek Medea, like the Cuban one, responds forcefully and straight to the point. Since Euripides, everything is already "all too human, it verges in fact on the sordid;" his treatment of mythic figures is "often realistic in the extreme."[13] Even in matters of language, Euripides is a direct precedent for Capote, for he often introduced characters of humble origin who spoke in more common and colloquial registers—something Capote and other Cuban authors have also pushed to the limit by turning all the play's characters into marginal, criminal, rough-edged figures.

Most of the characters in *Medea Prefabricated* use violent, aggressive, and vulgar language. From ancient princess, Medea becomes a lower-class woman of the twenty-first century. The ancient territories (Corinth and Colchis) become streets in mar-

---

[12] Michael Ewans. *Euripides' Medea. Translation and Theatrical Commentary.* Routledge, 2022, pp. 2-3.

[13] P. E. Easterling y B.M.W. Knox. *The Cambridge History of Classical Literature I. Greek Literature.* Cambridge University Press, 1985, p. 331.

ginalized neighborhoods of what is likely a Caribbean town.[14] Medea criticizes Jason for trying to speak more "sophisticated" since he began associating with Creon's people, who consider themselves superior. From king of Corinth, Creon becomes in this play a gangster who controls the neighborhood around Corinth Street; a wealthy criminal. As a mafioso, Creon tries to maintain calm and composure, but although his speech is not consistently vulgar, it is sufficiently direct and forceful that there is no doubt about the hardness of his words and actions. Aegeus, a wheelbarrow vendor who sells produce on the street and reads a great deal, is the character with the most refined and least violent language.

For his part, and in keeping with Medea's desire for a different life, this play's Jason believes that "life is something else" (p. 88). Beyond wanting to escape misery and scarcity, he also seems weighed down by his past actions—those that tie him directly to Medea—so he tells her that "what we have is unhealthy" (p. 88). He wants to "start my life once again" (p. 88). This Jason is also portrayed as a kind of Latin lover, desired and favored by nearly everyone: Medea killed her brother because he seemed to have been interested in seducing Jason, Yuyu is his secret lover, Creusa is his new partner, and Creon has agreed to accept him into the family to please his daughter.

Aegeus is transformed from the king of Athens into a 22-year-old produce vendor who pushes a wheelbarrow and has secret romantic encounters with Medea behind Jason's back. Although Medea does not take him seriously, this parallel relationship modernizes the theme and adds greater psychological depth to the character, for while she is madly in love with Jason,

[14] According to Wilfredo A. Ramos Vázquez, the play contains "allusions to elements, situations, and language that immediately lead us to want to envision a Caribbean Medea, that is, almost Cuban" ("Una Medea del ayer y del hoy," in *Gaspar, el lugareño*, May 30, 2019. Link: http://www.ellugareno.com/2019/05/una-medea-del-ayer-y-del-hoy-por.html).

she also engages in furtive erotic encounters with Aegeus. What remains consistent between Euripides and Capote is that in both works, Aegeus provides the solution Medea needs in order to escape after the destruction she unleashes. This escape—her chance to begin again—will take place in exile this time. In the Cuban adaptation, Medea is no longer a mythical figure who, at the end of Euripides' play, rides through the sky in a chariot drawn by dragons. On the contrary, her journey becomes a get-away by boat to another country. The divine vehicle becomes a small vessel: a symbol of exile, desperation, and metamorphosis. It is difficult not to connect this closing scene with the ongoing illegal emigration of Cubans from the island to Miami. In a kind of inverted mirror, the ending of the play recalls for me the final scene of Benito Zambrano's film *Havana Blues* (2005), in which the mother (this time, unlike Medea, with both children and with the help of her ex-partner) also flees by boat in the middle of the night.

Capote gives greater prominence to the nurse (Yuyu) and to the children, who have a larger presence onstage compared to Euripides' play. The children have learning difficulties, display violent behavior, and require specialized attention—something Medea cannot, and seemingly does not wish to, provide. Yuyu acquires a level of psychological complexity not found in the Greek play. She encourages Medea to take revenge (something unthinkable for the Greek nurse), perhaps without fully un-derstanding how far that vengeance could go, despite knowing Medea very well and fearing her.[15] Yuyu is also Jason's lover, a situation she bears with pain, passion, and terror all at once. She desires Jason, but it hurts her to harm Medea, and at the same time, she is horrified to imagine what would happen if Medea were to find out. Yuyu is also a queer and trans charac-

---

[15] Medea herself, in Capote, says to Yuyu: "You would never tell me some-thing like that" (p. 108).

ter, representing the marginalization suffered by this group of people worldwide and especially in the Caribbean and Cuban context.

All of Medea's inner turmoil about the decision to kill her children—which in Euripides is reflected in a conversation with herself, with her *thymós*—becomes silence and absence in Capote, which makes her crime all the more forceful and monstrous. In the 2019 staging by Proyecto Teatral Puertas in Miami, that conflict is expressed through interspersed passages from the Greek play, with the inclusion of a second Medea who represents the mythic Greek character and accompanies the modern one throughout the performance, along with a choreographic representation of childbirth that ends up blending with the act of killing the children.

Unlike the Greek source, in Capote, there are not two scenes between Jason and Medea, but only one. Capote's Medea emphasizes her directness and displeasure, her fury and suffering as she confronts her lover. She does not attempt to make him believe she has changed her mind or that she was mistaken before. In fact, it seems the argument had already been terrible, since when Jason arrives, he says he has returned because she told him she was calm now (p. 85). This Medea does not need to pretend or feign repentance in order to reach her enemies and send them poisoned gifts: she goes out herself and burns them down.

One of the most frequent themes (found in Jorge Alí's film *Edipo alcalde*, in Luis Alfaro's *Oedipus El Rey*, and in Abelardo Estorino's *Medea sueña Corinto*) is that of predestination. The works mentioned above play with the ambiguity of a term like destiny and prefer to leave possibilities open. Capote joins this line of interpretation and presents a Medea who seems to struggle constantly to detach herself from her name, from any sense of predestination. But at the same time, she uses her name for self-affirmation and to remind others—both characters and au-dience—of what she is capable of:

> MEDEA. (...) Medea's fury stops at nothing. What's mine is mine. You know that story very well; the whole world knows that story. And I am respected, damn it! The whole Colchis street, with its three hundred drunkards and five hundred delinquents, respects me. Jason can't do that shit to me. No! No! You know what I'm capable of. (p. 84)

This play presents a theme that I do not recall seeing emphasized so strongly in earlier works: the severe housing crisis the character faces. At the beginning of the play, Medea appears building the walls of a new house, a symbol of her love and her own existence. Although it is nearly impossible to locate a precise geographical reference anywhere in the play, it is difficult not to think of the housing problems in Cuba, the author's homeland.

Capote's play is thoroughly Cuban from beginning to end, which does not cancel out its general and indeterminate character. Its *cubanidad*, rooted in marginality, rests essentially in the ways the characters speak, act, and react.[16] However, there is not a single direct reference to Cuba. What is most evidently Cuban in this Medea lies in the *bollo* ("pussy")—that is, in the use of certain words and idiomatic phrases (sometimes colloquial and sometimes extremely vulgar) that are found only in Cuba or that are characteristic of Spanish in the Spanish-speaking Caribbean.

---

[16] This way of speaking and acting seems to have been reflected in the Miami staging in May 2019 mentioned earlier, in which, according to José Abreu Felippe, "through the costumes, the gestures, and what they say, the aim is a modern update of the myth, a being here and now. A here and now that unmistakably refers to the Island, to the other shore" ("*Medea prefabricada*, una actualización del mito," in *El Nuevo Herald*, May 10, 2019. Link: https://www.elnuevoherald.com/entretenimiento/article230257599.html#storylink=cpy).

In contrast to the frequent use of vulgar language and the marginal context, the play follows a distinctly classical structure: it maintains almost entirely the unity of space (except for the change in the final scene, the briefest in the play), and all the action takes place over approximately a day and a half—from the afternoon of the first day to the early morning of the third.

Like many modern versions of the Medea myth, Capote's also depicts erotic exchange between the protagonists onstage—something absent in Euripides but found, for example, in Lars von Trier's 1988 film and in Estorino's *Medea sueña Corinto*. Other stage and film works (including ballet, theater, and cinema) based on various classical myths such as Oedipus have also emphasized the representation of complex erotic moments onstage.

This edition includes a translation by Angela Pérez Domínguez, who graduated from Rockford University with a degree in Spanish in the spring of 2023 and wrote a thesis that included both the translation and an analysis of the play. The revision process was carried out during the fall of 2025 as part of the course SPAN 379 – Publishing in Spanish, taught by me, in which students Leonel Bautista, Gabriel Carreno, Andrew Johnson, and Solomon Keip were responsible for the final editing process. As is customary in our departmental editions in collaboration with kýrne, Dr. Jenniffer Rea completed the final editing of the English text. I thank them all for the effort and hours dedicated to this project.

III

Capote's Creon insists again and again that Medea does not understand him. More than failing to understand him, Medea simply does not share his worldview, for both characters follow entirely different logics and ethics. Creon prioritizes the logic of business, while Medea follows the logic of love. For Creon, everything has a price; everything can be bought or sold. For Medea, since Euripides, love is non-negotiable under any circumstance. Neither of these two logics leads to a good end, neither in Euripides nor in this modern version.

Creon and Creusa end up burned to ashes. Jason, who still likes Medea despite everything, decides to distance himself from her because he considers their relationship unhealthy; he tries his luck with a young woman in hopes of starting a family, escaping his miserable life, and improving his economic situation, but he ends up losing everything. Yuyu, a trans woman and impossible mother, loses the children to whom she has completely devoted herself. Medea herself, seeing the reason of love that drives her evaporate, decides to accept Aegeus's proposal of mutual aid—while firmly refusing to consider it love. Aegeus, as in Euripides, again becomes the character who brings at least a minimum of hope and kindness to a terrain so tainted, violent, and negative.

Capote adds to the "pre-elaborated" (or prefabricated) structure he inherits from the myth an even greater complexity: sexual diversity and more exile emerge as additional "explosive charges" for his Medea, who continues to move between the force of tradition and the new complexities of the modern world.

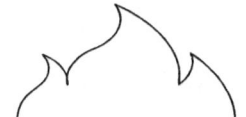

MEDEA
PREFABRICATED

To Sandra Pérez, my first Medea

And to Ernestico Naveda, who defeated Jason

DRAMATIS PERSONAE

MEDEA

JASON

YUYU

CREON

AEGEUS

TWO BOYS

The house: Square and spacious. All the walls without plaster, some built only halfway. The fiber ceiling, very high, and the floor, completely irregular. There are sacks of cement stacked all over the space.

At an angle, there is a black vinyl armchair with cracks where the stuffing peeks out. In another, a bed raised on blocks.

A single door for entering or exiting.

I

Medea finishes building a wall. She applies a little ce-ment, lifts a block, and puts it on top. With the handle of the trowel, she gives it a few hits so that it settles firmly.

Yuyu helps her.

On the bed, the boys play StarCraft *on a touch device. The sound effects of the video game mix with the sound that Medea produces with the trowel.*

YUYU. Look at your sons. Look at them. I won't always be around. You have to watch over them. Not me. A woman has to take her place, Medea.

MEDEA. My place is next to Jason.

YUYU. Medea…

MEDEA. Don't talk to me, I don't want to hear you. Not you or anyone.

YUYU. You never listen, hardheaded.

Medea lifts half a sack of cement and puts it on some blocks. Coughs.

YUYU. Stop! Stop! You can't handle that load.

MEDEA. I'm going to finish. When Jason comes back, he has to find a new house. And a different Medea.

Silence.

YUYU. He's not coming back. Remember. He's marrying Creon's daughter.

Medea whips up a cloud of cement.

YUYU. You have to forget, Medea, you have to forget... Leave at once. Go back to your own. Time heals. They will have made a space in their heart to forgive you, to understand you. Try to talk to them from here. Through Imo. Look for them in *Feibuk*. I don't know. Any of those apps that people use now. Who knows. Maybe everything is different. It'll be ten years now.

MEDEA. (*Without listening to her.*) Jason is a son of a bitch!

YUYU. Calm down.

MEDEA. (*Shouting hysterically.*) I'm not going to calm down! I can't calm down!

YUYU. Look at how your sons are. Think about them. Talk to them. Snuggle with them. Give them a reason to leave those shitty devices. Life goes on, life goes on. Why suffer for Jason if there are millions of men left in the world? You have two sons who need you. Look at them, people feel sorry for them. Don't you see it? They're not like the other boys. They hardly speak. Nothing scares them. Nothing hurts them... Doesn't that terrify you?

MEDEA. Better seen than heard.

YUYU. It panics me to hear you say that! They are your sons!

MEDEA. They are sons of Jason. Miniatures of their father. I don't want to look at them.

YUYU. They have your blood, Medea. They also have your blood.

MEDEA. And Jason's. They were made in his image and likeness. They have the same hands as their father. The same dick. In time, they will adopt his vices, his poses, his lop-sided smile, his nervous tics in their eyebrows when they lie. They will commit his same acts, they will have his same desires, they will make his same promises. They come with that included. They will be motherfuckers just like him. If I could, I would grind all three of them to eat them. And vomit them down the toilet. But I don't have Jason. I am missing Jason.

YUYU. At first, it can be very hard to accept how disappointing life is. But such is life. It is what it is, and you have to accept it. We need to have faith until disappointment no longer hurts so much and you get used to living with it.

MEDEA. (*Cries.*) I can't, Nana, I can't handle this.

YUYU. (*She approaches her, hugs her, and caresses her.*) You're tired. You barely sleep. This vigil will drive you crazy. (*Pause.*) Or it will make you commit atrocities that you will later regret.

(*A hug.*) I know you, Medea. It's like I gave birth to you. Think how time heals all wounds. It's all in your head. You have to use your brain.

MEDEA. (*Cries, bangs her fists against the wall.*) I have my brain in my pussy. I love with my pussy. I gave birth with my pussy. And another pussy took my husband. This is not a problem of reason, Yuyu. This is a pussy problem. (*Breathes hard, crying again.*) What a dirty man! I should have never followed him! I should have never been Medea.

YUYU. Don't see him again. This is your chance to go away. He's in love with that little girl. Or her wealth. Listen to me... Sell this shithole and leave before you commit a tragedy. Again.

MEDEA. He doesn't have the right to make me suffer. Not me. Not Medea. Medea's fury stops at nothing. What's mine is mine. You know that story very well, the whole world knows that story. And I am respected, damn it! The whole Colchis street, with its three hundred drunkards and five hundred delinquents, respects me. Jason can't do that shit to me. No! No! You know what I'm capable of.

YUYU. Don't go on. Shut up! Shut up! You have to leave here. Right now. (*Goes to the edge of the bed. Hugs the boys.*)

MEDEA. (*Goes back to the construction. Cries.*) His place is this one, Nana. Here. Now. Opening the bags of cement for me to finish the mixture, carrying buckets of water for me, farting with open legs on the armchair, scratching the fungus from his toes, asking me to relieve the burns of his thighs. His place is this one. (*She collapses on the mixture.*) His place is this one. His place is this one. His place is this one.

The boys get out of bed. They leave the touch devices on the black vinyl armchair. One of them begins to hit the arm of the armchair with both hands. The other does it against the wall. Medea doesn't look at them. Yuyu approaches the first one, tries to remove him. The child resists.

YUYU. Oh, My God!

II

Later that afternoon. Medea and Jason are close to the bed.

MEDEA. Where is your stuff?

JASON. Medea…

MEDEA. Where are your things, Jason!

JASON. Calm down, eh? Calm down. I came because you told me that you were already calm. I'll leave if you start yelling. (*Looks at the walls.*) You don't have a lot left to do.

MEDEA. It will be bigger than we thought. A room just for the two of us. When you come back, it's going to be different. You'll see. New house, new life. New Medea and Jason. As if we were recycling ourselves.

Silence.

MEDEA. I'm going to warm up some coffee for you.

JASON. No, it's ok.

MEDEA. Have you read your horoscope today? (*Looks for the smartphone.*)

JASON. No, it's ok.

MEDEA. (*Insists. Picks up the phone, opens the app, and reads.*) Sit down.

Jason does not move.

MEDEA. Cancer: In love… (*Reading.*) "Before you involve your heart in a new love adventure, test the waters…"

JASON. Don't start…

MEDEA. I didn't say it. The stars say so. Do I keep going? (*Reading.*) "A bird in hand is worth two in the bush. You never know the consequences…"

JASON. I'm taking the boys, Medea.

MEDEA. What?

JASON. I'm going to keep the boys. Give me custody.

MEDEA. You can't…

JASON. It's better not to go to court. Better not to make this more complicated. You don't want them. They need special attention. They can't be raised in these conditions. They are… unkempt.

MEDEA. (*Gets closer to him.*) "Unkempt." You've become fancy. Have they already started educating you? Now you have to talk like those people.

JASON. Don't fuck with me, Medea, don't fuck with me. I'm the same Jason. The same one. No one changes me.

MEDEA. That same Jason used to buy loafers from artisans because they lasted two years. He wore the soles out. (*She looks him up and down.*) And those tennis shoes? And that watch?

JASON. There you go again.

MEDEA. Don't act dumb, Jason, don't act dumb...

JASON. I'm outta here.

MEDEA. No. Look at me. I'm Medea, Me de a! Don't play with fire!

JASON. Lower your hands. Stop yelling.

MEDEA. Relax. Relax. You can't forget who we are. Nor what we did together. My name has to be stuck to yours: *MedeaJason* or *JasonMedea*. There are things that weigh on our conscience. On both of ours.

JASON. Nasty.

MEDEA. Remember my brother.

JASON. You have no proof to blame me.

MEDEA. I managed not to get us pinned for it...

JASON. You have no proof. You didn't keep a piece of your brother. I destroyed the knives.

MEDEA. Open your eyes, Jason. Don't lose your mind for the new pussy. You can't forget. You owe me my future. And the future is this house. We're still building it. Now it has to be finished.

JASON: (*He pushes her against the armchair.*) Whatever you want. Say whatever you want to me. But give me custody.

MEDEA. Speak to me clearly. If you want a break, I'll give it to you. I finish the house, and you come and live in it when you're relaxed. I let you live off me, suck me dry, but without any bullshit. You always liked low hanging fruits. That's normal. You are like that. You're lazy. I forgive you one little adventure, what's one more body? Men's stuff. I know. I'm ready for that. It hurts, but it can be tolerated. I'm blaming myself, second-guessing myself, and telling myself that I didn't have a reason to do this or that to you, that I'm to blame for your betrayal. But that's all. You have to do your part: come back, forgive me, and pretend you won't do it again. That we will never separate again. There are things that cannot be undone. Medea and Jason included. Go. Enjoy the little girl. But come back.

JASON. This time it's over for real.

MEDEA. Go and relax…

JASON. I'm not afraid of you. I'm going to start my life once again. What we have is unhealthy. I'm done with your hissy fits, one after the other. Non-stop. Every day for something different. Anyone gets tired of that shit.

MEDEA. Go and relax…

JASON. I'm going to take the boys with me. I want to cure them. And give them everything they like. Has your horoscope never told you that it is good to start living again? Well, I know that. Life is not this, Medea. Life is something else.

MEDEA. Relax.

JASON. I didn't think about it before. Or yes, I did think, but I would put my feet on the ground. You had to buy cement, toggle, stone, sand, food. And suck it up. That was the worst. You thinned my patience. And I was afraid. I know what you're capable of when you can't do things your way. (*Pause. Medea groans.*) I loved you before. Or I respected you. I don't know. Things get confusing to me.

MEDEA. Go away…

JASON. When Creusa came into my life, graciously smiling at me, I told myself: I'm going to have her. I wanted to relax. And I relaxed. She is nothing compared to you. You are more of a woman. You understand me, don't you? You are more of a woman. But she pleases me, she respects me. And she doesn't control me.

MEDEA. I will reduce you to rubble! I'm going to finish you off at once. You and her.

She wields the trowel and she lunges at him. Jason dodges her, immobilizes her against the wall. They are very close. Jason breathes over her ear. She shows resistance at first, but then gives in.

JASON. It's over for you. I'm not going to put my dick in you anymore. And I'm going to miss your gasps. I don't deny it. I'll never find a pussy like yours, (*He puts his hand down Medea's pants, rubs.*) I know it. But you destroyed me. Creusa is a good match. Innocent and ugly. She will be an excellent mother. I just have to give her a good dicking. Although at first I will not stop imagining that it is your mouth that I have between my legs. (*He puts his other hand inside his pants and masturbates. Medea gasps and cries.*) I warned you a thousand times: don't blackmail me, don't humiliate me, don't attack me, don't mess around with my stuff, don't be dirty, don't be nasty, nasty…, nasty… (*Both moan at once. Jason ejaculates, bites Medea on the neck. He leans on the wall.*)

Silence.

MEDEA. You can't do this to me. Not with my sons.

JASON. You don't give a fuck about the boys.

Silence.

MEDEA. What about me? What do I do now without you?

JASON. You fuck yourself. You did this to yourself.

MEDEA. (*She lunges at him.*) That little girl has to know who I am. I'm going to take out her eyes with the tip of a knife. She has to know that no one plays with me. You don't play with Medea!

JASON. (*Holding her.*) Shut up! Shut up! You're not going to do anything. That's my wife now. You have to respect her. Do whatever you want. Yell. Cause a scene. You are more bark than bite. You can't get anything without me. You've never been able to. You earned that name and that respect because I was covering your back. But now it's over. Not even in Colchis, where I got you out of, because they were going to kill you. Not here in Corinth, where you wished to build this shithole. You are no one without me!

Medea spits at him. She takes some cement and throws it on his tennis shoes.

Jason slaps her. He throws her to the ground.

Medea screams.

Jason beats her.

Medea groans.

Jason fastens his belt buckle. He cleans the dust off his tennis shoes aggressively.

He cleans the watch face with his t-shirt.

He leaves.

III

In the afternoon. Yuyu and Jason. On the armchair. The boys play on the bed.

YUYU. Men don't do those things.

JASON. What do you know what men do? Stay out of it.

YUYU. She has a bruise on her eyebrow. If it gets infected, it gets worse. You know that Medea gets hung up on things like that. You shouldn't have done that. You animal. After the blows, she went out. I didn't dare to ask her.

Jason polishes the face of his watch with the hem of his t-shirt.

YUYU. I don't want to imagine what would happen if she took it out on me. She trusts me. Oh, no. Better not to think about it… Hold back your hand. Hold it back. We're all holding on.

JASON. I'm going to take my sons.

YUYU. Don't even dream about it.

JASON. I want to cure them.

YUYU. That's what I'm for.

JASON. You don't have to get involved.

YUYU. Make no mistake. Make no mistake. You know those little boys are alive because of me. I am the mother and the father. Don't get angry. But you both don't give a damn what happens to those boys…

Jason carefully cleans the edge of the sole of his tennis shoes.

YUYU. Look, those tennis shoes are cute. And the watch.

JASON. A dream.

YUYU. A nightmare… It's serious. Right?

JASON. Yes. Creusa is the woman I need by my side.

YUYU. You said the same thing when Medea came along. Of course, it was convenient for you. You do everything at your convenience.

JASON. This time is different.

YUYU. You said the same thing when I came along.

JASON. Watch yourself.

YUYU. I'm suffering too. Don't you realize? What do you care about what I suffer! Yuyu is the champion here. I'm the real hero. The one that endures the most. The one that is most silent. The one that acts best. The boy fucked everything up with a little girl who's not even half of me. The other girl pretended to be offended, made a scene, and put us on edge. And Yuyu in the middle. As always, suffering in silence, every time Medea gives me a death glare. Scared to death just imagining that Medea finds out about us. I don't have to go through this. I don't deserve it. I owe Medea what I have. And the only thing I have is the two of you and those boys. Thanks to her, the world knows that I exist. But I drop my panties in a heartbeat. And when Jason wants to make them drop, there goes Yuyu opening her legs for him. Without thinking about Medea. Without thinking about what could happen if she finds out. Without thinking that Medea killed her brother for the same thing.

JASON. It has to be that way. It's your role.

YUYU. Leave her.

JASON. No. I'm going to live for real.

YUYU. Only you. Fuck everyone else.

JASON. Come with me. In that house there is space. No one will take care of the boys like you have.

YUYU. Don't even dream about it. The boys stay here. With me.

JASON. You don't get to decide that. If you don't want to leave. Fuck you. But with the boys whatever I say goes.

YUYU. I'll report you to the cops.

JASON. And I'll smash your face.

YUYU. Is that the only thing you know how to do?

JASON. (*He grabs her by the neck against the wall.*) Listen to me well. Be careful. I'm trying to help you. Out of understanding, out of gratitude, out of pity.

YUYU. (*Choking.*) Let me go.

JASON. (*He squeezes even harder.*) We trusted you too much. Learn to read the room. Medea brought you to this disgusting neighborhood because she was sorry for you. In Colchis, they would have killed you for being a faggot. There, things were that way. And here in Corinth, they are not much different. You have behaved well. So far. That keeps you safe. Medea loves you like her mother. I like to fuck you. But that's it. You have no voice or vote. Don't get your hopes up. Don't dream of more than what you get. The boys are not your problem. I'm not either. What we had only made sense with Medea in between. I like the risk. It excites me.

YUYU. Let me go.

JASON. Convince Medea to give me custody of the boys. You are the only one she listens to.

YUYU. Let go of me, damn it!

Jason lets go.

YUYU. When a woman like Medea sees the rights of her bed violated, there is no other mind more murderous. Advise yourself. Leave this story as it was before Creusa appeared.

JASON. That's none of your business.

YUYU. This doesn't end well, and you'll see. I'm going to sit and wait for the end. I don't comment, I don't talk, I don't listen. I want you to be filled with pain. For being an abuser, for being selfish, for being a golddigger.

JASON. If you don't do it… If you don't convince her to give me the boys, I'll tell her everything. I have nothing to lose. You will see how she makes you disappear too.

Yuyu gulps.

JASON. I am the hero. You are the nanny. Medea is a witch. Creusa is my hope. It's like that.

YUYU. Don't be so sure of yourself.

Jason smiles. He stomps twice on the floor and shakes the tennis shoes. He looks at Yuyu. He goes to the bed where the boys are.

IV

Sunrise. Medea and Creon. At the door.

CREON. Can I come in?

Short silence.

MEDEA. Why didn't your daughter come?

CREON. Let me come in.

MEDEA. Tell her to come, isn't she grown now? Is she regretting it already?

CREON. Let me come in. I'm not going to chat at the door, ok?

Silence.

MEDEA. (*Looks outside.*) Are those guys on the street with you?

CREON. The black men? On the Suzuki?

MEDEA. Uh-huh.

CREON. It's my Security Service. The Geely is also mine. Let's go inside. (*Goes inside.*)

MEDEA. (*Closes the door.*) Are you afraid of me?

CREON. Why?

MEDEA. You appear so, suddenly. With two black men on a motorcycle guarding the entrance of my house. I am harmless. You don't have to make a scene in front of my door.

CREON. You never know.

MEDEA. You are a chicken.

CREON. Relax.

MEDEA: (*Lights a cigarette.*) Coffee?

CREON. No. Gastritis.

MEDEA. I'm not going to poison you.

CREON. Just in case.

MEDEA. I'm not a witch.

CREON. You're known for being a witch.

MEDEA. Do you want me to make you disappear?

CREON. I dare you.

Silence.

MEDEA. And so...?

Short silence.

CREON. (*In another tone.*) Let's talk like civilized people, ok?

MEDEA. Don't test me. Don't get it twisted.

CREON. With me, things are different. I work differently. Look, what happened yesterday on the street was not right...

MEDEA. You don't have to get involved in this. It's women's stuff. If she gets in my way, I will do the same thing. And every time I see her, I'll put her head against the sidewalk.

CREON. That's not going to happen.

MEDEA. Give her some advice. (*She moves to another place. Smokes. Creon looks at her.*) Stop giving me that look. No one intimidates me. It's your fault I'm like this.

CREON. You're like what?

MEDEA. Like a jealous bitch.

CREON. I was not responsible for what happened with Jason and my daughter. They fell in love. It just happened.

MEDEA. He fell in love with your wealth. And with your power. (*Short pause.*) Listen to me well so that you will remember me when this happens: Jason will do the same with her. When he's done fucking around with her little ass, when he gets bored, he's going to do with her the same thing he did with me. You'll see.

CREON. And I will grind his kidneys with my stomps. I'll turn him into food for my bulldogs. I'll blow his brains out in one shot.

Medea stays silent.

CREON. He knows where the danger is.

MEDEA. You don't know Jason.

CREON. I don't know him, no. But he still respects me. And my daughter. That's all I care about.

Silence.

CREON. Creon's daughter can't be the subject of scandals on the street. And even less over shit like that. I don't like scandals. They aren't convenient for me. (*Pause.*) Creusa is the only thing I have. I want the best for her. I can't let her down. I give no fucks whoever she is happy with. As long as they don't hurt her, I'm going to be there to support that relationship. If she's happy with him, he's welcome. I took him in as a son. I'm also going to give him whatever he wants. As long as he keeps himself at bay, without overstepping. You understand me. We are both parents.

MEDEA. One day you're going to regret it…

CREON. I didn't come to ask you for advice. What do I care about your opinion? What happened yesterday cannot happen again, ok?

MEDEA. So, you came to threaten me?

CREON. No. I came to negotiate.

MEDEA. You've already taken Jason. What do you want now? (*Ironically.*) Me?

CREON. I don't like women like you. Can you tell?

MEDEA. Until you try them.

Silence.

CREON. If you and your sons weren't in the middle....

MEDEA. Jason asked me for custody. They will live in your house.

CREON. I know. I know. They need special attention. This is a shithole. You are a nobody, and you don't take the slightest responsibility for them. Jason won't be completely happy thinking that his sons are poorly cared for. This whole situation does not let him rest his head on his pillow. And she, Creusa, feels uncomfortable. She worries. It's her husband, isn't it? She may even feel guilty. She tells me these things and I know she does so looking for my support. What can I do about such a request from my child? Support her, logically! Carry Jason and his sons. Put them in a room in my house and give them everything they need.

MEDEA. Raise crows, and they will peck out your eyes.

CREON. And I can do it. No problem. But why would I have to? Jason is going to put the burden of your two sons on me. And they're not my grandsons. I don't have to take care of them or you. You are still strong.

MEDEA. Me?

CREON. I'm not stupid. Over time, Jason will also want to support you. And you'll be here. Only half an hour from my house. They will make fun of us, and then there will be no happy ending in this story.

MEDEA. Stop putting up an act, then. Put things in their place. Give him back to me. You will see how my desire to hit your daughter's face against the sidewalk goes away. Take away the whim of messing with Medea's husband. Buy her another man, appropriate for her age, and her level of child-ishness.

Pause.

CREON. (*Looks at her, moves his head as if he feels one of those discomforts hard to disguise.*) You are a speck of dirt in my eyes. Uncomfortable. Whipping my conscience all night. And that can't be. It is something that goes against logic.

MEDEA. What logic? The only logical thing is that what's mine is mine. And I'm going to fight for it.

CREON. You don't understand me, no… I don't have time to think about you. I have other things to take care of. You have to cover your bases. I don't think you understand that kind of logic… I can't go down. Too much money is constantly moving. You don't understand me, no. It's a complex thing. (*Pause.*) Why do you have to take away my sleep? Who are you? Just a woman like so many others showing jealousy for a man. I know women. I know when they are too loud, too shameless, too slutty, too abusive, too expensive, too poisonous. Or too strong.

MEDEA. Which of them do I fall under?

CREON. You're taking away my sleep. And that's not right. I have to take you out of the game. At any price.

MEDEA. I'm flattered. I'm amazed. I mean, we have never seen each other more than in passing, a greeting under your dark glasses if we meet on the sidewalk. A wink, maybe. But I've seen you, you're always wrapped up in that modern question of personal safety. In all that modern question of showing off power, luxury. I mean showing off solid gold chains, bulldogs, black men on a motorcycle, a Geely, a house surrounded by a two-meter wall, a spoiled little daughter, a teenager hooked to her cell phone in the middle of the street, fake hair, acrylic nails, fake face. A little bitch. One passes by you, believing themself insignificant in the face of such a panorama, pushing the wheelbarrow of cement sacks, pushing a promised future. Believing she would never be seen under your Armani glasses. Too much dirt on the handmade flip-flops. With a very funky flea market blouse. What is just a low middle-class woman, a starving worker never looked at in the rearview mirror of your car. And now you're telling me I'm a threat... What do you want me to do?

CREON. Here's a credit card. One of many. Buy yourself happiness. Go away. Disappear from Corinth. Stop being a problem for my daughter, for Jason, and for me. Take your boys as soon as possible without Jason knowing your whereabouts. Do not put one more brick in this hole. Take my money and do what's best for everyone. You will thank me one day. Believe me. Five thousand dollars right now, inside this piece of plastic.

Silence.

MEDEA. (*Looks at the credit card. She throws it at Creon's feet.*) You can't decide my destiny just because it's whatever the fuck you want. Even if you bring twenty black men from your ridiculous security corps to intimidate me, I'm not going to give you that satisfaction.

CREON. (*Picks up the card cautiously.*) Medea…

MEDEA. Why didn't you all call the police? File a complaint. Place a restraining order. Why blackmail?

CREON. You definitely can't understand me…

MEDEA. That's what you think. You don't report me because you know it's not in your best interest to involve the police. It doesn't benefit you. Well, I'll go report you right now. No business deal in Corinth could possibly offer me as much money as you're proposing just to keep me away from your daughter. What's wrong?… Do I understand you or not?

CREON. (*He laughs.*) I have all the pawns well placed. I'm not afraid. (*He brings her closer. He speaks to her almost in a whisper.*) Don't get it twisted. I'm pretending to be the good guy, the reasonable one. You know that if I want, I'll find another way to get rid of you. A more dangerous one. More shady one. More dirty. It is not in your interest for it to be known what you once did. It is not in your interest for the blood you have on your hands to be discovered.

Medea stands still.

CREON. I know everything. About your brother. You couldn't stand him getting between Jason and you. You got rid of him. Forever. Without a trace. Then you moved quickly so that everything seemed like an accident. Now I have the proof. And your family, and the police, everyone wants to destroy you.

MEDEA. Those are speculations.

CREON. No. There is a witness. One that you could no longer hold on to that slipped away. The one who you got pregnant by, binding him to you. A ruined alibi that is now under my wing. I have a knife, Medea. When I take it out, it is to use it. How do you want me to sleep peacefully? Creusa has gotten in the way just like your brother. The same age. The same desire for the same man. She is about to suffer the same fate as him. Yesterday's fight could have been just the beginning. But I'm here. Go away. This is the payment for my peace of mind.

Silence.

MEDEA. (*Stays still.*) You're full of shit.

CREON. Put me to the test. Let's see who wins.

MEDEA. (*Thinks.*) Give me two days. To leave, to disappear from all this.

CREON. Two days is too much margin for a murderous mind.

MEDEA. One day, then. It will suffice.

Short silence.

CREON. One day. (*Takes out his phone. Looks at the time.*) To-morrow at this time, I will come to get you out. I will give you the money then. I don't want complications, ok?

MEDEA. Ok.

They stay very still for a few seconds.

Creon leaves.

Medea remains silent.

Two motorcycles are heard starting from the street. A gray smoke sneaks through the cracks of the half-built walls.

V

Yuyu and the boys. Midday.

Both boys are tied lightly in the armchair. In front of them, Yuyu, sitting on a block, is holding a pot with food in her hand. There's a bottle of water on the ground. Before putting the food in their mouths, she cools each tablespoon by blowing on it.

One of the boys shouts unintelligibly. The other looks at the ceiling and hits the armchair insistently with his hand.

Yuyu has to hold their chins to put the spoon in their mouths. On many occasions, food is spit from the boys' mouth to Yuyu's chest. She, patiently, cleans herself, takes another spoonful, blows on it, and brings it back to their mouths.

YUYU. Here comes the airplane. Let's see, let's see… Don't spit it out, don't spit it out. Go on, Chew. Chew! That's it! (*Another tablespoon.*) Now you. Look. Look! (*Holds the boy's chin.*) Open. Open! Ahhhh… Big, big! That's it. Chew, chew. There it is! (*She puts the pot on her thighs, takes the bottle of water, opens it, takes a drink, and then puts it in the mouth of each of the boys.*) Don't spit it out. Swallow. Let's see you do it. Without spitting it out. Without spitting it out! There! (*She puts down the bottle of water and picks up the pot.*) Don't want more? Yes, another, another. The last one. The last one. Here comes the airplane… That's it! Now you. Look. Look. Open, Open big. Ahh, Ahh, big… There. That's it. That's it.

Yuyu sighs, tries to stretch.

The boys scream and wiggle, trying to get loose.

Yuyu gets up quietly; she loosens the fabric that's tying them.

The boys run to the bed, pick up their touch devices, and play.

A sound of war weapons invades the entire space. Yuyu watches them.

YUYU. Poor little ones. They don't know anything about the world. They have not a drop of conscience to realize how unhappy they are. Better for them. Better not to know. I used to be stunned by all the gunfire coming out of those devices. Not anymore. I hear worse shots from nearby. A band of missiles is coming. They threaten us. Medea has a color on her face that I don't like. It's a color I've seen before there, at a point in her past that's better not to remember. I get chills imagining it. It's better not to imagine it. (*She stares at them for a moment.*) Opportunity comes to those that don't need it.

Medea walks in with a gallon of gasoline in her hand.

YUYU. One of these days you will explode as Cafunga.

MEDEA. I'm already blown up anyway.

YUYU. My little girl…

MEDEA. Don't start!

YUYU. Where were you?

Silence.

YUYU. Medea…

MEDEA. (*In a fury.*) What?!

Pause.

YUYU. You have to calm down. Look at your sons.

MEDEA. Don't start, don't start.

YUYU. You are thinking as a woman and not as a mother.

MEDEA. Because I'm a woman, from the top of my head to the bottom of my feet. I'm a female! Unlike you! A made-up woman, a wrinkled faggot. You have been up my ass with your advice and all that crap about paying attention to my children! Up my ass! Leave me alone! If you care so much, give them away! It would be the best for me, damn it, one less disgrace to complain about.

Silence.

Yuyu goes to the door.

MEDEA. (*Stops her.*) Forgive me.

YUYU. Let me go.

MEDEA. No, Nana, no, for real, forgive me. I'm so stupid, my head is explosive like dynamite. I didn't mean it. You know it. You are like my mother, damn it, you understand me.

YUYU. Or your father.

They look at each other for a few seconds. They smile.

YUYU. Your sons have already eaten. The older one spit out more food than he swallowed. Take care of them once and for all with a specialist. Who knows if tomorrow they can take care of you, when you are an old woman. Clean your ass at least. You have two sons. Remember. You are lucky. Use your head. Use it. Some don't have that privilege. That of the children, I mean.

MEDEA. Give me a hug.

YUYU. You don't need it. You have a pussy that makes you immortal, half woman, half goddess. At least that's what you believe.

A smile from both. They hug.

MEDEA. Forgive me. Tell me anything you want. Tell me.

YUYU. For what? Anything anyone tells you will be for nothing. When a man metastasizes inside a woman, there is nothing that can cure her. Perhaps time can ease the pain. But that's just up to you.

MEDEA. My destiny was Jason. And you see how everything falls apart, once again. As if my life was already prefabricated. It must be that: it must be that one lives a life already designed from before.

YUYU. You are delusional today.

MEDEA. Maybe. The facts have led me to do the math, to think.

YUYU. I've never seen you think before.

MEDEA. I'm serious. Look over my life. First, I lose a brother for falling in love with Jason, then Jason betrays me, and now his father-in-law demands me, forces me to leave with my sons. If I don't leave soon, I won't be able to live quietly. I know.

YUYU. Then consider not suffering, and don't suffer. You will see how no one is responsible for you, just yourself. Things have to be done well; it can't just be a fight with that little girl in the middle of the street. You have to take your place. You are Medea.

MEDEA. How?

YUYU. I don't know. It's better not to listen to me. Maybe what I'm saying is a load of bullshit... Think about what Medea would do when she feels mocked... Think about it for yourself. Don't get me involved. (*Silence.*) Revenge can be good. Put an end to this. Laugh at those who laugh at you. At those who always use you in the same way. Maybe you'll feel better. That's what I say... Maybe not.

MEDEA. You would never tell me something like that.

YUYU. Maybe today I can tell you. There are so many things I think and never say. To keep the peace, to maintain the order, to be as I am. I may have been designed for that, and let's say it's my role in the world. Maybe you're right. Maybe we're prefabricated for something. Maybe not. Just in case I've already fooled everyone. I was born as a man and now I am a woman.

MEDEA. You are the only one who understands me.

YUYU. I'm like your mother. Only that I didn't give birth to you.

Silence.

MEDEA. So what do I do?

YUYU. Do what you're thinking. Just that.

MEDEA. Aren't you afraid?

YUYU. Sometimes you have to face fear to achieve happiness. Think carefully about how you will do things and go. Never set foot in Corinth again, this is not a neighborhood for you, it has a name of tragedy... Of course, the boys stay with me.

One of the boys starts screaming. The other hits him with the touch device.

Yuyu runs up to them and tries to calm them down.

Medea sits in the armchair. Thinking. She looks at the building materials scattered throughout the space. She gets up, goes to the newly built walls, caresses them, kisses them.

Cries.

VI

In the afternoon. Enter Aegeus.

MEDEA. Why did you come?

AEGEUS. I was going for a walk and I came here.

MEDEA. Did someone see you come in?

AEGEUS. Nobody. The whole street ran to see the ruckus.

MEDEA. Which ruckus?

AEGEUS. One of many. From afar, I saw only the riot. It seems that there is a dead man. I snuck down the hall. No, no one saw me come in.

Medea closes the door and windows.

AEGEUS. This darkness reminds me of so many things.

MEDEA. I'm not down for dirty things right now.

AEGEUS. Were you crying?

MEDEA. I've got no more tears left to cry.

AEGEUS. You're thinner.

MEDEA. Dead skinny.

AEGEUS. You look pretty.

MEDEA. Don't mess with me.

AEGEUS. Come here.

MEDEA. Not today.

AEGEUS. Let's do it. As usual. A quickie before the old lady comes back with the boys.

MEDEA. No.

AEGEUS. Just half-dressed in case Jason surprises us. Above the cement sacks. With the knife hooked on the belt to pretend that I'm raping you. Just in case. With a gag in your mouth.

MEDEA. Jason is not coming back.

AEGEUS. I know.

MEDEA. He's getting married. With Creon's daughter. Do you know her?

AEGEUS. I know everybody. And very few know me. She always walks down my sidewalk, covering her ears with headphones so she doesn't hear what she thinks they would say to her. And she covers her eyes with dark glasses to not look at the dirt-stained wheelbarrows. However, no one looks at her. Too much arrogance, too much stupidity. Of course, the smell of expensive perfume lingers for a few seconds. You are prettier. Is that why you were crying?

MEDEA. It hurts. Here. Love hurts in the belly. I'm disgusted. What a dirty man.

AEGEUS. Did he find out about our thing?

MEDEA. What is "our thing"?

AEGEUS. What we do on the cement sacks, half-dressed in case they surprise us.

MEDEA. None of that is real. Never has such an absurd thing happened. I don't know you at all. I never saw you more than in passing. Maybe one day I bought a pound of fresh vegetables from you. But that's it. Not even a greeting or asked your name. Your name doesn't ring a bell to me. Is that clear to you? Try not to mess up.

AEGEUS. I'm not stupid.

MEDEA. But you are young. And you make mistakes like everyone else your age, you have very little to lose.

AEGEUS. We are now free. Jason got out of the way. We can consider something together.

MEDEA. Oh please!

AEGEUS. What? Don't you think I'm responsible? I'm twenty-two. I know about life just as much as you do. I know where the darkest corners of the streets are, and what is done there. I work. At a food stand, but I get by, I get some food. I also read. A lot. Behind the food stand there is time to take a look at a book or two. It helps me with the language. I dream of being someone one day. Far away from all this filth.

MEDEA. Find yourself a girl your age.

AEGEUS. I love you. I didn't carry your bags on a whim when we met. Once I set my eyes on you and on the wheelbarrow full of bricks that you were pushing up the street, I told myself you would be mine. The law of attraction. Don't you know what that is?

MEDEA. Don't confuse me with your bullshit. I'm in a world of pain.

AEGEUS. You're in a world of resentment and revenge.

MEDEA. I have no alternatives. Jason wants custody of the children. Creon is threatening me if I don't leave tomorrow morning.

AEGEUS. I know everything, Medea, don't bother saying anything. Jason spends every afternoon with his new wife. In a black Suzuki, I remember it by the sticker on the tank: Argos. I don't know why he gave it that name. I am convinced that he doesn't know what it means.

MEDEA. Better not to know. (*Aegeus caresses her.*) Get me out of this shithole. Look for the money. I will give it back to you little by little.

AEGEUS. I don't have a lot of money right now. But I can ask Creon for a loan. He won't refuse. It's another one of his businesses. He lends the money, and then you have to give back a higher amount. He knows that from the food stand I can see everything. Creon wants to keep everyone quiet. Of course, he will lend it to me. And you will give it back to me with every child you give me. With every second of bliss. Let's get married. There will be no more suffering for Medea. You will never put another block on these walls again. Nor on any other.

MEDEA. Help me.

AEGEUS. We're going far away. I promise. I know of the sailors who come in at dawn. I know a few. I am cautious, I like to know all the terrains. Tomorrow at this time, we will be laughing at everyone. The law of attraction... It's time to start your life over. I'm going to make sure you forget everything you've been through. I will make you a new Medea. It's never too late for that.

MEDEA. Don't promise me anything. I'm so sick of promises. Take me with you. But make no mistake. Don't go overboard. I serve you and you serve me. I help you and you help me. But don't mention love.

AEGEUS. What will you do with your sons?

MEDEA. Leave them in a safe place.

AEGEUS. At midnight, I'll wait for you at the food stand... What are you thinking about?

MEDEA. My stuff.

Aegeus leaves.

Medea takes the gallon of gasoline. Leaves.

VII

At dawn. In the center of the house is a large pile of debris. Two walls have been torn down. Yuyu tries to remove some debris. Jason appears with a knife in his hand. From the outside, you can hear a tremendous commotion.

JASON. Where is Medea?

YUYU. She's gone.

JASON. To where?

YUYU. I don't know.

JASON. I will kill her! I will kill her!

YUYU. What happened? Why is there so much screaming everywhere?

JASON. Medea ended my life. My wife and father-in-law are now dead.

YUYU. What do you mean dead?

JASON. Burned. It was Medea! I know it, it couldn't have been anyone else. And I'm going to kill her. I'm going to kill her, fuck! She deserves to die. Let the curse of her name upon the Earth come to an end once and for all.

YUYU. Calm down.

JASON. You and I know what she's capable of.

YUYU. I told you.

JASON. (*He curls up on Yuyu's legs.*) Damn it, now that I thought everything would be different, now that I was so close to happiness. Happiness is not this, Nana, happiness is something else. With Kelme tennis shoes, Orient five stars, and a Suzuki with a sticker that says Argos. I don't know what the hell that word means but putting it on the tank of the motorcycle made me feel like a hero. I've never been so close to happiness. Ever.

Yuyu cries.

JASON. You should've been there to see the explosion. How horrible, fuck, this stench of burnt flesh. People ran, and I couldn't move. I'm going to kill her, I'm going to kill her.

YUYU. Calm down.

JASON. Where is she?

YUYU. Don't look for her.

Silence.

JASON. And my sons?… Where are the boys, Yuyu?

Silence.

JASON. (*Stops crying and becomes alert.*) Where are my sons? (*Hits Yuyu, pins her against the wall, threatens her with the knife.*)

YUYU. Don't take it out on me. Kill me, you'll do me a favor. I don't know where your sons are. And I'm thinking the same thing as you, the same. And if what we both think right now is real, I don't want to go on living to remember it.

Jason approaches the pile of debris, gulps, and begins to remove it little by little. Suddenly, he discovers a child's arm.

Yuyu starts screaming.

Jason cries uncontrollably as he removes debris. Remains of children continue to appear under the rubble.

They both look on in horror.

YUYU. Kill me, Jason, kill me. I don't want to see; I don't want to see what's next. (*She hits her head against the wall.*)

Jason tries to say something, but can't. He tries to scream, maybe, but he can't. Cries.

VIII

On the coast. At dawn. The only light comes from Medea's cell phone.

AEGEUS. Turn it off. What are you doing? They could discover us. The only light that will be seen coming out of these mangroves will be my flashlight at the right moment.

MEDEA. I have to read my horoscope.

AEGEUS. Make it quick. The others will start complaining too.

MEDEA. Done.

AEGEUS. What does it say?

MEDEA. That I will be lucky. That I'm going to be happy. That I will increase my income. That my relationship is now in good health.

AEGEUS. That bodes well.

MEDEA. Yes.

AEGEUS. Did Jason tell you anything?

MEDEA. No.

AEGEUS. What about the boys?

MEDEA. Quieter than ever.

AEGEUS. One day you will see them again.

MEDEA. Maybe not.

AEGEUS. As you wish.

> *Sound of an engine. A boat approaches.*
>
> *Aegeus flashes with the flashlight.*

෬

ÍNDICE / INDEX

SOBRE EL AUTOR

Iran Capote (Pinar del Río, 1990). Dramaturgo. Licenciado en Arte Teatral por la Universidad de las Artes (ISA) en Cuba. Se desempeña como director artístico del grupo Teatro Rumbo. Obras suyas han sido estrenadas en Cuba y Estados Unidos. Ha publicado *Medea prefabricada* (El Mar y la montaña, 2020), *Eau de Toilette* (Editora Abril, 2020), *El casting* (Editorial Guantanamera, 2017), *Vete a jugar con los machos* (Editorial Primigenios, 2023), *Este tren se llama Deseo* (Ediciones La Luz, 2023), *Los dramas de mi arrebato* (Sequoia Editions, 2025). Aparece en las antologías: *Tras la cortina* (Ediciones Loynaz, 2017), *Equívocos / Misconceptions. Poetas cubanos de inicios del siglo XXI* (kýrne, 2021) y *Las esquirlas del silencio* (McPherson, 2022). Ganador del Premio Calendario de Teatro (2019). Finalista en el Premio Internacional de Poesía Juan Ramón Jiménez, Coral Gables (2020). Beca de Creación "El reino de este mundo", de la AHS (2020). Mención del Premio de Dramaturgia Virgilio Piñera (2023). Premio Villanueva de la Crítica (2024). Para el audiovisual ha escrito los guiones de *Isla* y *ZOE*, dirigidos por Lester Hamlet; *La gesta*, dirigido por Javier Ferro y la webserie *11: Once*, dirigida por Ernos Naveda.

ABOUT THE AUTHOR

Iran Capote (Pinar del Río, 1990). Playwright. He holds a degree in Theatrical Arts from the University of the Arts (ISA) in Cuba. He serves as the artistic director of the Teatro Rumbo group. His works have premiered in Cuba and the United States. He has published *Medea prefabricada* (El Mar y la Montaña, 2020), *Eau de Toilette* (Editora Abril, 2020), *El casting* (Editorial Guantanamera, 2017), *Vete a jugar con los machos* (Editorial Primigenios, 2023), *Este tren se llama Deseo* (Ediciones La Luz, 2023), and *Los dramas de mi arrebato* (Sequoia Editions, 2025). He appears in the anthologies *Tras la cortina* (Ediciones Loynaz, 2017), *Equívocos / Misconceptions. Early 21st Century Cuban Poets* (kýrne, 2021), and *Las esquirlas del silencio* (McPherson, 2022). Winner of the Calendario Theater Prize (2019). Finalist for the Juan Ramón Jiménez International Poetry Prize, Coral Gables (2020). Recipient of the "El reino de este mundo" Creation Grant from AHS (2020). Honorable mention for the Virgilio Piñera Playwriting Prize (2023). Winner of the Villanueva Critics' Award (2024). For audiovisual media, he has written the screenplays for *Isla* and *ZOE*, directed by Lester Hamlet; *La gesta*, directed by Javier Ferro; and the web series *11: Once*, directed by Ernos Naveda.

EDICIONES KÝRNE

EDITOR
Yoandy Cabrera

DISEÑO Y MAQUETACIÓN
om ulloa
Dashel Hernández

Equívocos / Misconceptions. Early 21st Century Cuban Poets. Ed. e intro. Yoandy Cabrera. 2021. ISBN: 979-8757631363.

Plagios, de om ulloa. 2022. ISBN: 979-8784850089.

Oblongo in New York, de René Rubí Cordoví. 2022. ISBN: 979-8848712544.

Call Me Meddy / Llámame Medy. Ed. e intro. Yoandy Cabrera. 2023. ISBN: 979-8362914547.

Electra, Clitemnestra, de Magali Alabau y Yoandy Cabrera. 2023. ISBN: 979-8365506428.

La condena. Juegos del vencido, de Justo Antonio Triana. 2023. ISBN: 979-8375244501.

Koûros Habana, de Yoandy Cabrera. Coedición con La Mirada. 2023. ISBN: 979-8398260465.

Líquida, de Lleny Díaz. 2024. ISBN: 979-8857895962.

La pared, de María Elena Hernández Caballero. 2024. ISBN: 979-8336181289.

Herbario: 1978-1983, de Dashel Hernández. 2025. ISBN: 979-8-9932235-0-6.

Herbario: 1984-1986, de Dashel Hernández. 2025. ISBN: 979-8-9932235-2-0.

El Gran Circo Maravillas cierra por fin sus puertas, de Abilio Estévez. 2025. ISBN: 979-8-9932235-6-8.

DE PRÓXIMA APARICIÓN

Obra poética, de Delfín Prats. Edición crítica de Yoandy Cabrera.

Obra poética, de Jorge Luis Arcos.

Mito y resistencia. Ed. e intro. Yoandy Cabrera.

Mar adentro, de Milena Rodríguez Gutiérrez.

Medea Prefabricada,
de Iran Capote,
concluyó su proceso editorial
el 17 de noviembre de 2025,
en las ciudades de Miami Beach, FL
y Rockford, IL, Estados Unidos de América.

Cirno, tengan un sello estos versos que componga.

kýrne

www.ingramcontent.com/pod-product-compliance
Lightning Source LLC
Chambersburg PA
CBHW020252150626
46552CB00020B/794